청년 탐정들의 장례지도사 생활 속으로

다다상조 회사

청년 탐정들의 장례지도사 생활 속으로

다다상조 회사

초판 1쇄 인쇄일 2023년 11월 25일
초판 1쇄 발행일 2023년 12월 5일

지은이 김재희
펴낸이 양옥매
디자인 송다희 표지혜
교   정 인'사이시옷
마케팅 송용호

펴낸곳 도서출판 책과나무
출판등록 제2012-000376
주소 서울특별시 마포구 방울내로 79 이노빌딩 302호
대표전화 02.372.1537   팩스 02.372.1538
이메일 booknamu2007@naver.com
홈페이지 www.booknamu.com
ISBN 979-11-6752-378-5 (03800)

청년 탐정들의 장례지도사 생활 속으로

다다상조 회사

김재희 지음

책과나무

차례

등장인물 소개

한헌명(남, 30)

할머니가 상복을 만들고 상여를 만드는 곳집 옆에서 성장했다. 어릴 적에 장의사인 아버지가 귀신을 쫓는 방상시 가면을 쓰고 상여 앞길을 터 나갔다가 돌아가시고, 어머니도 뒤따라가 할머니 밑에서 성장했다. 대학교 장례지도학과를 나오고 장례지도사로 근무 중이다. 훈훈한 얼굴에 진중한 성격 그리고 관찰력이 뛰어나다. 상조회사의 대리.

오슬기(여, 30)

장례상담사. 다다상조 회사에서 근무를 하는 장례 컨설턴트이다. 한현명과 같은 대학 장례지도학과를 나왔다. 현대적인 장례문화를 상담하는 편인데 한현명이 전통 방식을 주장할 때는 대립한다. 활달하고, 쾌활하며 주짓수를 수련한다.

노배인(여, 30)

검안의. 의료재단 소속으로 선배 검안의를 따라다니면서 죽은 자를 처음으로 맞닥뜨리는 일을 한다. 신경과 레지던트를 하면서 산 자들에게 시달렸다. 죽음에 두려움이 없는데, 어릴 적에 정말 죽을 뻔한 적이 있어서이다. 자신의 이름, 노배인이 NO PAIN과 발음이 비슷해 직업에 어울린다고 생각한다.

박선우(남, 30)

한현명의 라이벌. 어릴 적 아버지들이 장의사 동업을 했다.

박선우는 거대 상조기업 다다상조 회사를 설립하고, 한현명의 전통과 인간 중심의 장례를 무시한다. 검은 리무진을 타고 다녀 '죽음의 사자'라는 별명도 있다.

서명순(여, 78)

한현명의 할머니. 자식들을 자신보다 앞세운 비운의 할머니. 항상 지혜롭고 현명한 전통 장례 마스터이다. 상복과 수의를 짓는 일을 업으로 삼아 노숙인, 대통령에 이르기까지 여러 명의 수의를 지었다.

김형길(남, 80)

지하철 택배원 혹은 휘장기 이동사. 장례가 시작되면 상조회사나 각 회사와 재단의 상조 등에서 부탁한 휘장을 전국 어디로든 옮긴다. 서명순, 김도도 할머니와 단짝 할배다.

당신은 상주가 되어본 경험이 있습니까? 당신의 죽음 뒤에 누가 부고장을 띄울 건지 생각해 보셨습니까? 부고장을 받아서 장례식장에 다녀온 경험이 최근에 있습니까? 무연고 장례식에 대해 알고 계십니까?

청년들의 비 연애, 비혼, 비 출산이 많은 시대에 과연 상주 없는 장례식이 가능한지, 자식들이 결혼을 안 했거나 아들이 없다면 누가 상주를 하는 순번인지, 상주로서 해야 될 일은 무엇인지, 부모님이 가면 가장 먼저 연락할 상대는 누구이고 어디로 연락을 하는지 아십니까?

이 작품은 그 의문에 대한 해답을 드립니다.

30대 MZ 세대의 나이에도 장의업에 종사하는 이들이 여기 있습니다. 장례지도사 한현명, 장례상담사 오슬기, 그리고 검안의 노배인은 30대의 청년이지만, 불철주야 오늘도 내일도 죽음이 내려오는 그곳으로 달려갈 것입니다.

살인사건을 밝히는 탐정이라기보다 한 사람의 일생과 죽음, 그리고 상주, 상제들의 고인을 추모하는 일에 있어 등

잔을 들고 길을 밝혀 안내해준다는 의미에서 이들을 장례 탐정 트리오라고 이름을 지었습니다.

죽음이 주는 의미와 삶에 대한 성찰, 그리고 죽음으로 새로운 가장이 탄생하는 기쁨을 들여다보면서 삶에 대한 의지를 되새긴다는 의미로 이 소설을 썼습니다.

이 작품은 가까운 이의 죽음을 접한 사람, 부모님이 돌아간 사람, 질병을 앓는 이를 가족으로 둔 분, 죽음의 의미를 통해 새로운 희망을 찾으신 분, 생명의 의미와 사랑의 진실을 알고자 하는 분, 가족 간의 아픔을 딛고 화해하고자 하는 분들에게 도움이 되기를 바라며 쓴 작품입니다. 누구나 죽음이 곁에 있기에 궁금한 점을 알려드리고, 이로써 인생의 참된 의미를 함께 공유해보고자 합니다.

끝으로 본 작품을 집필하면서 《장례와 상속의 모든 것》(임준확 홍순기 지음, 꿈결 2016년 발간), 《상장례 민속학》(남민이 지음, 시그마프레스 2002 발간), 《반려동물 장례지도사 표준안》(강성일, 김태연 지음, 시대고시기획 2022년 발간) 등의 책을 참조했지만 잘못된 점이 있다면 모두 저의 책임입니다.

2023년 겨울, 김재희

졸업식은 무척 기쁜 날입니다. 과업을 완수하고 한 단계 성장하게 되는 날의 시작이죠. 그런데 인생의 졸업식인 장례는 왜 슬플까요?

사실, 조선시대에는 장례에 꽃상여를 메고 가면서 화려하게 만장을 휘날리고, 묘를 다지면서 춤도 추고, 놀이꾼들이 속된 노래도 하면서 장례를 경축했습니다. 집안의 큰 어른이 가고, 새 가장이 생기는 걸 진심으로 축하하는 의미였기 때문입니다.

저는 2년간 아빠, 엄마, 시어머니까지 세 분의 상을 상주, 상제로서 겪은 사람입니다. 장례의 과정을 지켜보면서 그 안에는 무척 많은 의미가 담겨 있다는 것을 알았습니다. 또한 검안의, 장례지도사, 장례상담사 그리고 염습과 수시를 도와주는 염습사, 장의사 등 여러 방면의 전문가들을 만나 큰일을 치르는 과정을 통해 그분들을 존경하게 되었습니다.

제가 겪어본 바로 장례는 가족들에게 새로운 인생의 시작이면서, 한 인물을 존엄하게 보내드리는 과정입니다. 한국의 장례문화는 무척 수준이 높고 체계적으로 치러지고 있습니다.

그리고 상주를 찾아오는 손님들과 함께 고인의 이야기를 나누면서 겪는 행사이기도 하죠. 처음에는 고인의 아쉬운 점, 서운한 점, 그리고 인상적인 일화들이 많이 나오지만, 장지로 가는 버스에서는 고인에게 고마운 점, 아름다운 점, 그리고 자잘한 일화들이 많이 나오는 편입니다.

그 외, 상주들은 손님들과 업계 돌아가는 이야기도 하고, 각자의 사정도 토로하고 아울러 혼담도 오가는 신나는 잔치의 연장선이 되기도 합니다. 때로는 무릎이 불편하여 벽을 붙잡고 비틀거리며 들어오거나 휠체어를 탄 노인 문상객을 보면 마음이 숙연해집니다. 올드 보이들의 의리를 지키려는 마음은 장례식장에서 가장 많이 엿보입니다. 몸이 불편해도 입관식에 참석해 죽음을 두려워하지 않고 저 위에서 만나자 약속하는 친지분도 계셨습니다. 모두 처음 겪는 아름다운 과정이었습니다.

이 모든 일을 장례지도사가 앞장서 지도합니다.

예전에는 장례지도가 장의사 즉 염습하는 이와 호상(護喪) 즉 고인을 잘 알고 상례 절차를 아는 이로 분리되어 있었습니다. 하지만 현대의 개념은 달라졌습니다.

장례지도사란, 예전에는 장의사였지만 지금은 장례지도 교육을 정식으로 이수하고 자격증을 부여받은 사람입니다. 장례의 절차를 주관하고 장의사와 호상을 모두 합친 개념입니다.

발인 후 장지에서 고인을 모시는 과정에서 장례 참석자들은 자신들의 근황과 미래를 이야기하고, 고인의 마지막을 잘 모시고 나면 그제야 맘이 편안해지면서 버스에 오릅니다. 돌아오는 버스 안에서는 모두 약속이나 한 듯 꿈속으로 들어가 죽음과도 같은 달콤한 잠에 빠졌다가, 다시 장례식장으로 돌아와서는 탈상을 하고 저마다의 길로 걸어가게 됩니다.

상주와 상제로서 세 번의 상을 치러 이와 같은 과정이 동일하기에 자신 있게 부모의 상은 대체적으로 이렇다고 말하고 싶습니다.

이 소설은 바로 이런 아름다운 과정을 알리기 위해 쓰였습니다. 하지만 한편으로 추리작가로서 재미를 위해 과감하게 소설로 극대화했습니다. 따라서 부모 등 가족의 상, 반려동물의 상, 무연고인의 상 등을 이야기 구조로 가져왔습니다.

죽음과 장례에 관한 소설에 들어가기 전 장례 순서를 알리면서 이야기를 시작해보렵니다.

저와 함께 사망 진단, 수시(고인의 몸인 시신을 바르게 하는 절차), 빈소 차리기, 부고장 보내기, 염습(시신을 목욕시키고 수의 입히는 것), 입관식, 성복세, 발인과 봉안하기 절차를 같이 따라가 봅시다. 장례지도사 한현명, 장례 컨설턴트 오슬기, 검안의 노배인과 함께 죽음의 원인을 캐고 장례 관련 일을 하는 청년들의 일상을 통해서 말이지요.

태어나고 자라고 늙어가는 인간의 모습이 장례 절차를 닮은 듯합니다.

봄,

화려한 종부 상주 – 검안과정

노배인은 아파트 주차장에 차를 주차하고 나서 15층으로 올라갔다. 급하게 연락을 받고 달려온 것이다. 노배인은 엘리베이터 거울에 얼굴을 비춰보며 한숨을 지었다. 볼 부분이 붉게 상기되어 있었다. 갈색 긴 머리로 얼굴을 감춰보려 하지만 어림없다.

딩동. 벨을 누르자 키가 작고 하얀 얼굴의 뽀글거리는 파마 여성이 문을 열었다.

"어서 오세요. 의사 선생님?"

"네, 노배인 검안의입니다. ○○의료재단에서 나왔어요. 경찰은요?"

"다녀가셨어요. 의사 선생님이 검안 마치고 직접 전화 드리래요."

"네. 알겠습니다."

아파트 안은 앤티크 가구와 유화들과 도자기와 조각상 등으로 화려하게 꾸며져 있었다.

노배인은 긴 머리를 질끈 묶고 중년 여성을 따라 고인이 있는 건넌방으로 들어갔다. 환자용 침상에 누워 손을 내리고 눈을 감은 남자는 마르고 수척했다. 육십 대 중반 즈음으로 보였다.

산소 포화도 검사기, 가래 제거기, 기저귀 등을 보아하니 오래도록 병을 앓은 듯했다.

"119 대원이 30분 전에 와서 돌아가신 것 같다고 어서 경찰에 신고하라 해서요."

중년 여성이 병원 진료 차트를 내밀면서 이어 말했다.

"119 구급대원들이 심폐소생술 해도 안 되더라구요. 여기 환자 진료 차트 보세요. 저기… 근데 술 드신 거예요? 얼굴이 새빨개요."

노배인은 당황했다.

"아, 아니요. 엊그제 술을 마시긴 했지만, 어제는 연어주사라고 피부 재생시키는 주사를 맞았더니 얼굴이 이렇게 붓고 빨갛게 되네요. 우리 일이, 언제 고인이 돌아가실지 몰라 뭘 해도 어쩔 수 없어요. 제 동료는 성형수술 한 다음 날 얼굴에 반창고 붙이고 유족 뵈러 가서 검안한 적도 있다니까요."

"그러시구나."

노배인은 차트를 살폈다.

"음, 차트를 보니 진단이 뇌경색과 복합 합병증이네요."

"네. 근데 시신 보러 다니는 이런 일을 하기에는 무척 젊으신데."

"그래도 서른은 넘었죠. 다른 과 하다가 검안의로 전향했어요. 저기, 근데 사모님, 어쩌다 돌아가신 거죠? 상황을 설명해주세요. 나이가 젊은 편이셔서요. 육십오 세시면."

"저어기, 저는 요양보호사이구요. 이 집 사모님은 지금 라인댄스 배우러 가셨어요."

"라인댄스? 언제 오세요? 보호자는 그분이 맞는 거죠?"

"곧 오실 겁니다. 가까운 데서 배우는데, 그래도 오는데 한 1시간은 걸려요. 글쎄 뱃줄로 점심 드실 때만 해도 괜찮으셨는데… 갑자기 숨을 크게 쉬어서 가래 제거기로 가래를 빼드리는데 산소 포화도가 떨어지고, 숨을 안 쉬세요. 경찰은 이따 보호자 오면 연락 달라고 했구요."

"병력은 어느 정도 되시죠? 누워 계신 기간이요. 24시간 침대에요."

"그야 침상에만 계신지는 한 3년은 된대요. 병 생긴 지는 7년 가까이 되시구요. 저는 9개월 전부터 와서 돌보는데 그간은 숨만 쉬시고 눈만 뜨시는 정도세요."

이때, 도어락 소리가 나고 한 중년 여성이 다급히 달려 들어오면서 외쳤다.

"여보, 철승 씨."

볼륨 있는 체구에 발그레한 얼굴이다. 생기 있는 50대 후반으로 보이는 여성이 스팽글이 장식된 티셔츠에 미니스커트 그리고 레이스 달린 발목 양말을 신고 들어왔다. 여성은 산소 포화도를 살피고 남편의 코에 손바닥을 대보고 엉엉 아이처럼 울었다.

"여보……, 흑흑."

노배인은 잠시 기다렸다. 그리고 그녀가 진정되기를 기다려 물었다.

"저는 연락받고 온 검안의입니다. 진정하세요. 그럼 상태를 살피도록 하겠습니다."

노배인은 작은 플래시로 남자의 눈꺼풀을 열고 눈자위를 살폈다. 동공이 확대되어 고정돼 있었다. 숨을 쉬지 않았고, 심박동을 확인해 보니 반응이 없었다. 턱은 아래로 벌어지고, 대소변이 흐른 듯 냄새가 났다. 노배인은 침착하게 코로나 자가검사 키트로 코 안에 면봉을 넣고 검사를 진행했다.

"음성입니다. 일반 장례식장에서 장례를 예정대로 치르

십시오.”

노배인은 고인의 차트를 면밀히 검사해 병력 상 죽음에 이르는 인과관계를 추정했다.

“질병사로 원인을 적어드릴까요? 노환으로 보기에는 나이가 좀 젊은 편이셔서요.”

“네, 부탁드려요.”

노배인이 사망진단서에 사망 시간과 고인의 주소와 주민번호를 적었다.

“제 차에 컴퓨터와 프린터기가 있어서 사망진단서를 바로 발급해 드릴 수 있습니다. 그걸 들고 영안실 가시고, 빈소를 장례식장에 차리면 됩니다.”

노배인은 차로 가서 컴퓨터에 고인의 이름과 주소를 치고, 사망 장소는 주택, 직접 사인은 뇌경색 합병증, 사망의 종류에는 질병사를 입력했다.

그리고 사망진단서를 들고 아파트로 올라가 원본과 사본 여러 장을 아내에게 주었다.

아내의 이름을 확인해 보니 한승자다. 노배인이 사망진단서를 건네기 전에 잠깐 도장과 인장을 꺼내 찍으려는데, 요양보호사가 다가왔다.

“의사 선생님, 사실 제가 원래 간병인과 체인지해서 돌아가신 강 교수님 간병을 지난 9개월간 꾸준히 했는데, 갑자기 돌아가신 듯하고 요즘 사모님이…."

"네?"

"쉬잇, 조용히 듣기만 하세요. 사모님이 갑자기 춤도 배우고, 남자도 만나는 것 같고. 하여간에 거 뭐냐, 좀 그렇다구요."

"차트에 보니 병을 오래도록 앓으셨던데요. 1주 전에 중환자실에 다녀오셨구요. 거기 차트도 면밀히 봤어요. 폐렴과 패혈증 염증 수치가 안 좋은데, 더 할 처치가 없어서 일단 퇴원을 하셨구요."

"그게 그렇기는 하죠."

노배인은 마음을 고쳐먹었다. 화장실에서 나온 한승자에게 다가갔다.

"저, 한승자 님? 일단 고인이 젊으셔서, 병원에서 간단한 부검 후에 장례를 하시죠. 하루 이틀 만에 나오니 부고는 그때 알리세요. 빈소도 그 후에 차리시고요."

한승자는 걱정스러운 얼굴이었다.

"괜찮을…까요?"

"네. 비교적 중장년에 돌아가신 분들이 받는 절차입니다. 그게 나중을 위해서라도 좋죠."

노배인은 경찰과 영안실에 미리 연락을 해두고 부검의가 일정을 잡을 수 있는지 알아보았다. 다행히 부검의가 바로 부검을 할 수 있어서 검사가 나오면 바로 장례를 치를 수 있었다.

한승자는 영안실 구급차가 도착하자, 검은 옷으로 갈아입었다. 그러고는 고인을 모시고 부검을 받는 병원으로 출발했다. 노배인은 사망진단서의 사망원인을 질병사에서 기타 및 불상으로 정정하고 다시 발급해 나중에 전달해 주겠다고 했다.

다음날 오전 일찍 한승자는 부검 후에 남편이 폐렴 및 패혈증으로 사망했다는 최종 진단서를 받아들고 장례식장으로 향했다. 다다상조 회사에 전화하니, 집 근처 장례식장과 장례지도사를 바로 연결해 준다고 하면서 사무실 번호를 알려줬다.

한편, 따릉이를 타고 다다상조 회사에 출근하는 오슬기. 미니스커트와 대각선으로 가로질러 멘 핸드백이 경쾌하다. 사무실 문 앞에서 현명과 마주친다.

"이제는 따릉이 정기권 사야겠어. 아, 늙었나봐. 자전거도 힘들어. 한현명. 넌 오늘도 걸어왔냐?"

"당근."

현명은 오늘도 몸에 딱 피트 된 검은색 양복을 차려입

고 왔다. 장례지도사로서의 근무복은 어떨 때 보면 멋지지만, 어떨 때 보면 현대판 도깨비나 저승사자 같아 보이기도 했다.

"무슨 일이야? 오늘 장례 신청 들어온 게 없는데."

"들어올 거야."

슬기는 커피머신에서 커피를 내렸다. 정수기 얼음 몇 개를 리유저블 컵에 넣고 커피를 따랐다. 슬기는 빨대로 커피를 마셨다.

하긴, 현명이는 그동안 고인을 모시는 날을 정말 귀신처럼 잘 맞혔다. 언젠가 슬기가 탈의실 가서 옷을 갈아입고 퇴근하려는데 불현듯 나타난 현명이 옷소매를 잡았다.

"5분만 더 있어."

"흐음, 친구들과 영화 약속 시급하다."

"5분만."

5분 후, 슬기 자리에 정말 전화가 왔다. 그리고 바로, 다다상조 회사와 연계된 장례식장으로 현명이가 달려간 적이 있었다.

슬기는 과거 일을 떠올리면서 얼음을 혀로 살살 핥았다.

"한현명. 아무리 너네 할머니가 너는 현명하게, 우리 할머니가 나는 슬기롭게 이름을 짓자고 해서 '현명', '슬기'가 되었지만 그렇다고 세상 이치를 다 아는 건 아냐. 우리 고작 서른이야.”

현명은 슬기가 무슨 말을 해도 모르는 척, 사무실에서 이 것저것 상조 관련 물품을 보는 시늉을 했다.

“슬기야, 도도 할머니 꽃 장식 너무 화려하지도, 너무 소박하지도 않아서 상주 가족들이 참 좋아하신다.”

“그거야, 뭐. 우리 할머니 이름이 왜 ‘김도도’겠어. 도도 하니까 꽃도 도도하지.”

사실 슬기 할머니는 제단 꽃장식을, 현명의 할머니는 수의나 상복을 지어서 가내 수공업 장의회사처럼 보이지만, 엄연히 슬기가 일하는 곳은 다다상조 회사의 강동구 지사였다. 그리고 현명이는 프리랜서 장례지도사로 일하다가 슬기가 전화를 하면 얼른 득달같이 달려와 장례지도 일을 했다. 슬기도 어릴 적부터 알고 지내던 현명이가 편해 같이 짝지어 장례를 주관했다.

“야, 오늘은 아냐. 너 촉 똥망이야. 나 정장으로 갈아입고 근무하련다.”

슬기가 자리에서 일어나자마자 전화가 걸려왔다.

“오, 한현명 촉이 맞나?”

슬기는 목소리를 곱게 바꾸어 전화기를 잡았다.

“다다상조 회사 강동구 지사입니다.”

“저는 한승자이구요, 10년 전에 남편 이름으로 상조를 가입했어요. 프리미엄 프로그램이구요."

"네, 그럼 가입자 분과 상조 서비스 받으실 분 이름과 주민번호, 핸드폰 번호를 차례로 말씀해주세요."

슬기는 전화를 끊고 현명에게 엄지 척을 했다.

"역시, 한현명이야!"

잠시 후, 현명은 장례식장에 도착해 한승자를 사무실에서 만났다.

"안녕하세요. 다다상조 회사에서 나온 한현명 장례지도사입니다. 오늘부터 3일간 잘 안내해 드리겠습니다."

한승자는 얼이 빠진 얼굴이었다.

"다른 가족분들은 안 오시나요?"

"네. 시부모님은 다 돌아가셨고, 제가 아내입니다. 아이들은 외국에 있구요, 제가 상주를 합니다. 아이들은 오는 중입니다."

"그러시군요. 제가 잘 도와드릴 테니, 걱정하지 마십시오. 예전에는 임종, 빈소 모시는 과정서부터 입관, 성복제, 삼우제까지 직계 가족들이 다 참석하였지만 코로나 이후로 많이 바뀌었습니다. 외국에 계시는 분들은 나중에 봉안한 곳으로 직접 찾아가고, 장례식에는 참석 못하는 경우도 많죠."

"그, 그렇군요. 저도 갑자기 이렇게 갈 줄은 몰랐어요. 그래서 검안의도 확실하게 하려고 부검 절차를 밟게 했구요."

"네. 그러시군요. 먼저 음식과 장례식장 이용비는 여기 장례식장 사무실에서 계약을 하시면 됩니다. 음식 종류를 먼저 주문하셔야 3시간 후에는 빈소에 딸린 식당에서 문상객들에게 식사 대접을 할 수 있습니다."

한승자는 고개를 끄덕였다.

"그리고 저와는 제단의 꽃장식이나 리무진, 버스 대절비, 상복이나 식사 도구나 집기 등 각종 상조용품 관련해 의논하고 계약하시면 됩니다. 물론 상조 가입한 서비스에 따라 무료인지 결정이 되구요. 제가 가입상품 확인해 보니, 거의 다 해당되는 거라 추가 비용은 들지 않을 것 같습니다."

"그렇군요. 다행이네요. 친구가 부탁해 가입했는데, 이렇게 쓰게 되네요."

"상복을 제가 가져다드려야 하는데, 기성복 대략적으로 어떤 사이즈를 주로 입으시나요?"

"66이요."

"네. 알겠습니다. 가져다드리겠습니다."

현명은 주차장에 가서 여성 상복 중에 66 사이즈를 찾아왔다. 한승자는 상복으로 갈아입고 머리에 흰 핀을 꽂았다.

"이제 빈소에 올릴 제물을 준비할 테니, 문상객들을 부르셔도 됩니다. 여기 호수는 304호이고, 상주 이름과 가족들 이름을 순서대로 적을 겁니다. 사무실에서 적으셨죠?"

"네. 저와 제 아이들 이름을 적었어요. 애들은 아직 결혼을 안 해서요."

"영정 사진은 어떻게…, 맡기셨나요?"

"그게 저…. 요양보호사님이 집에 있는 사진을 찍어 보내셨는데, 너무 아이들 어릴 적 사진이라 그이가 젊게 나왔어요."

한승자는 액자를 찍은 사진 파일을 보여주었다.

"음, 고인 나이로 추정해서 지금부터 20여 년 전 사진으로 보이네요. 그럼 현재 찍은 사진은 휴대폰 갤러리에 없을까요?"

한승자는 갤러리를 열어 찾아보았다. 남편과 찍은 사진이 많이 없었다.

"밖에 나가기 어려워 사진을 찍을 형편이 안 되었어요."

"이건, 어떠세요?"

현명은 증명사진을 가리켰다.

"사진관에서 찍은 증명사진이에요. 여권을 갱신하면서 다시 찍었어요. 외국에 나갈 상태가 아니었지만 그래도 사진을 다시 바꾸고 싶다고 했어요."

4년 전, 남편은 휠체어를 타기 시작해 외국에 나갈 일은 요원했다. 하지만 여권을 갱신하라는 편지가 오자, 남편은 전자여권으로 만들고 싶어 했다. 사진관에 가서 사진을 찍고, 휠체어를 탄 채 구청 여권과에 가서 갱신해왔다.

그간 절뚝거리면서 재활운동을 했지만, 지팡이를 짚고 다니다 보행기로 바꾸고, 휠체어를 타게 되었다. 남편은 매 고비마다 적응하기 위해 노력했는데 무척 힘들어했다.

한번은 남편이 지팡이를 사용할 때이던가. 한승자와 집에서 두 정거장 거리의 마트를 다녀오던 길이었다. 갈 때는 그래도 중간에 쉬면서 잘 갔는데, 올 때는 한승자가 두 손에 장을 본 짐을 잔뜩 들고, 남편은 가방에 있던 휴대용 지팡이를 꺼내 펼쳐서 천천히 걸었다. 한승자는 냉동식품이 녹기에 앞서 걸었고, 남편은 아주 천천히 비틀거리면서 지팡이를 짚었다. 한승자 보고는 먼저 가라고 손짓을 했다.

한승자는 한 정거장 이상 앞서가서 집에 짐을 놔두고 다시 밖으로 나왔다.

남편이 저만치서 오는데 비틀거리다가 균형을 잃고 넘어졌다. 한승자는 다가가려다 멈칫했다. 자존심이 센 남편이다. 넘어진 걸 보여주고 싶지 않을 거였다.

남편은 가로수를 붙들고 아주 천천히 일어났다. 나무에

등을 기대고 한숨을 쉬다 다시 지팡이를 짚었다. 그리고 집 쪽으로 향했다. 한승자는 집에 돌아와 요리하면서 조용히 기다렸다. 문을 여는 소리가 나고 남편은 진땀을 얼굴에 흘리면서 환한 미소를 지었다.

"여보, 나 걸어서 잘 왔소이다."

한승자는 그때 기억이 마치 어제처럼 선연하게 떠올랐다.

이때 현명이 한승자를 기억 속에서 끄집어냈다.

"유골함은 어떤 디자인으로 고르시겠어요. 종교가 있으시면, 십자가나 성모상이 새겨진 것도 있습니다."

한승자는 가장 심플하고 적당한 가격의 디자인을 골랐다.

잠시 후, 제사상이 차려지고 현명은 한승자와 함께 상식을 올리고 절을 올리게 했다.

"아직은 고인께서 살아계신 것처럼 식사를 올려드립니다. 발인하면서부터는 제사상을 올리는 거죠."

"네."

"상조 서비스대로 과일, 과자, 전을 먼저 올려드립니다. 오늘 저녁부터 국과 밥, 반찬도 올려드립니다. 그리고 향은 너무 많이 올리면 목이 칼칼해집니다. 대신에 향이 떨어지지 않게 하나씩은 올려주십시오."

"네. 알겠어요."

"혼자서 힘드시겠지만, 제가 곁에 있으니 큰 걱정 하지 마시고 무엇이든 물어봐 주시고, 아까 그 계약서에 적힌 전화번호로 언제든 연락 주십시오. 제가 퇴근한 밤에 하셔도 받습니다."

"네, 고맙습니다. 그런데 부의함 속의 봉투는 어떻게 할까요?"

"열쇠, 장례식장에서 받으셨죠? 밤에 문상객들이 모두 가시면, 서비스로 받으신 검은색 돈 가방에 넣어두고 새벽에 잠시 집에 다녀오시든가, 아니면 믿을만한 분께 맡겨 두십시오."

"집이 여기서 멀지 않고, 금고가 있으니까 잠깐 다녀올게요."

"네. 알겠습니다. 하지만 상주님이 혼자여서 문상객이 올 때를 대비해 최대한 이곳에 머무시는 걸 권해드립니다."

한승자는 조용히 고개를 끄덕였다. 한승자는 장례를 하루 연장해 4일장을 치르기로 했다. 부검해서 고인을 잘 가다듬는 시간이 더 필요해서였다.

그날 저녁, 슬기는 주짓수 학원에서 사범과 대련을 하고 있었다. 일본 유술이 브라질을 시작으로 서양으로 전파되면서 주짓수로 불리게 되었다는데, 슬기는 최근에 주짓수를 배우면서 그동안 써보지 못했던 허벅지와 팔 근육을 쓰면서 체력이 많이 늘었다.

사무실서 근무하면서 운동을 안 해서 그런지, 가끔 장례지도사 염습 일을 도우러 갈 때면, 고인의 몸을 들어 뒤집는 것조차 힘들었다. 운동을 뭐라도 해야 했다.

주짓수는 작은 사람도 기술로 큰 사람을 이길 수 있다는 말을 사범님이 많이 했다. 조르기, 누르기 등의 그라운드 기술을 이용하는 것이라 호신술로 배우기에 좋았다. 거리를 조절하는 법과 상대방의 기습 공격을 방어하기에도 좋았다. 무엇보다 근력의 강화로 체력이 증진되었다.

동네에서 피트니스, 요가, 태권도나 권투 등의 체육관을 눈여겨보던 차에 주짓수 학원이 새로 생겨 등록한 것이다.

"하이야핫!"

슬기는 사범의 몸을 쓰러뜨리고, 그의 팔을 두 손으로 꽉 붙들었다.

여자 사범이 조언했다.

"힘은 좋은 편인데, 두 다리로 내 목을 눌러 좀 더 힘을 주면 상대를 꼼짝 못하…."

슬기는 사범의 목을 두 다리로 눌렀다. 사범이 꼼짝 못하고 바닥을 손으로 탕탕 쳤다. 슬기는 그제야 풀어주었다.

"제법인데!"

"고맙습니다, 사범님."

"다음 주 이 시간에 개인 교습 들어가니 늦지 말아요."

"네. 알겠습니다."

슬기는 샤워를 하고, 옷을 갈아입고는 도장을 나왔다. 도장 밖을 나와 주위를 두리번거리는데, 누군가 뒤에서 목을 끌어안았다.

슬기는 "하이야합!" 외치면서 상대를 뒤집어 엎으려했다. 그때 노배인이 "으악" 소리를 냈다.

"나야, 슬기! 초딩, 중딩, 고딩 동창! 노배인, 살려줘!"

슬기는 노배인을 풀어주면서 말했다.

"난 또 현명인가 했네."

"캑캑캑! 야, 오슬기! 현명이가 이런 장난 친 적이 있냐? 너 완전 나인 줄 알고 혼내준 거지? 하여간 주짓수 배울 때부터 거리를 뒀어야 하는 건데. 친구한테 이런 기술 쓰기 있기, 없기?"

그 순간, 현명의 목소리가 들렸다.

"흐흠. 제법 쓸모 있는 기술인데."

검은 양복을 입은 현명이 어둠 속에서 가로등 아래로 모습을 드러냈다.

"야, 현명아! 슬기가 완전히 독 품고 나를 죽이려 드는데, 나 가걸랑 니가 내 장례지도 해주라."

현명은 표정이 굳었다. 슬기는 노배인의 입술에 손바닥을 대 막았다.

"우리끼리 죽네, 장례지도하니 그런 말 좀 그만해. 상피제 몰라? 우리는 가면 다른 분들이 다 염습해줄 테니 걱정마. 아, 배고파. 어서 밥 먹으러 가자."

"나는 술! 술! 검안의는 술이 스트레스 해독제임."

"나 아는 데 있어. 동네에 새로 생긴 가게 봤는데, 거기 가자."

"오우 웬일. 현명이 니가 쏘는 거야?"

노배인이 현명이 팔짱을 끼자, 슬기는 그 사이를 손으로 탁, 쳐 내리면서 끼어들었다.

"흐흠, 이런 걸 손날 기술이라고 하는 거지. 가자구. 어디야, 현명아."

트리오는 전철역 가는 길목에 있는 작은 연어 횟집으로 들어갔다.

어묵탕과 연어회, 그리고 다른 안주들을 시켜놓고, 노배인은 소주와 맥주를 섞어 혼자서 자작했다. 현명은 슬기와 밥을 시켜 저녁 겸해서 먹었다.

"그만 좀 마셔, 노배인. 얼굴에 시술하면 안 마셔야 되지 않냐?"

"흐흠, 의사들은 보통 환자들에게 그렇게 말하지. 하지만 저들이 더 마셔. 의사는 힘들거든. 아픈 사람만 보니까, 히히. 내가 검안한 분, 현명이가 장례지도한다. 참 우리는 잘 어울리는 삼인방이야. 그러니 술을 좀 해야지. 원샷!"

슬기가 입맛을 다시면서 한마디 헀다.

"야, 노배인. 먹는 게 그 사람을 나타낸다는 말, 못 들어봤냐? 니 감정을 다스리려고 술에 지배당하면 너는 그 자체가 술이 되는 거야."

노배인은 머릿결을 손으로 쓰다듬어 내리면서 고개를 저었다.

"성격은 얼굴, 생활은 체형, 본심은 행동, 배려는 먹는 방법에 드러난다는 말은 들어봤어도, 흐음. 노승현 작가의 글에서 나온 말이지. 하여간 현명이 너는 맨날 빈소 음식만 먹을 테니, 그 음식들이 현명이를 지배하는 건가?"

현명은 노배인에 이어 차분히 말했다.

"18세기 프랑스 미식가 사바랭이 '당신이 먹는 것이 무엇인지 말해 달라. 그러면 당신이 어떤 사람인지 말해줄 테다.'라고 명언을 남기긴 했지. 난 평소에는 김밥 두 줄과 샐러드나 빵, 일할 때는 병원 장례식장의 직원식당에서 먹고는 해. 나라고 해서 장례식 음식이 물리지 않는 건 아니니까. 잘 안 먹는다구."

슬기는 배시시 웃었다.

"현명이는 맛집도 몰라. 무미건조하지. 유일하게 내가 끌고 다니면서 주꾸미고 낙지고 삼겹살이고 먹인다니까."

노배인은 슬기와 현명을 노려보았다.

"너희 둘이 사귀면 일차적 보고는 우선 나에게 해. 알았지. 현명이 남사친으로 최고지만, 남친으로는 모르것다. 슬기야."

슬기는 들켰다는 얼굴을 짐짓 감추고 딴청을 피웠다.

"무슨 소리야! 우린 직업적 동지야."

"후후, 감정은 음성에서 나온대. 강한 부정은 강한 긍정과 일맥상통. 그 말인즉슨 뭔가 의심스럽단 거지."

슬기는 두 뺨에 발그레 홍조가 올랐다. 몸을 뒤로 돌려 사이다를 마셨다.

현명은 대화를 다른 방향으로 돌렸다.

"가끔 장례를 지도하다 보면 그 집안의 역사와 비밀, 내력을 알게 되는데, 여러 갈등 상황에서 유족들이 나한테 문의를 하시는데, 내가 한마디 조언을 하면 쉽게 풀리기도 하거든."

노배인이 낄낄댔다.

"그러니까 네 이름이 한현명이지. 한 현명하니까. 가만 보면, 나도 사심 없이 검안을 하니 내 말에서 경찰들이 힌트를 얻어 살인사건을 뒤늦게 수사하기도 하거든. 우리도 셜록 홈스처럼 탐정 같아. 죽음의 미스터리를 푸는데 힌트를 주는 탐정.”

슬기는 웃었다.

“사실 말이지, 나도 가끔은 뭔가 미스터리하다는 생각도 들어. 상조회사 근무하면서 참 여러 번 장례식장에 나가보잖아. 본 적은 없지만 영가가 있다는 생각이 들기도 해. 왜 저번에 우리나라에서 가장 큰 대학병원 장례식장에 갔었잖아. 상주도 안 오고 해서 빈소도 안 차려져 있었거든. 그런데 내가 잠깐 화장실 갔는데, 옆 칸에서 물소리가 나는 거야. 상주나 직원이 왔는가 싶었는데, 대박! 나와 보니 빈칸이었던 거 알아?”

노배인이 답했다.

“물이 새는 것일 수 있잖아.”

“아니 그래도 어째 내가 옆에 칸에 들어가자마자 물소리가 나냐? 현명이나 배인이도 참 많이 다녀보잖아. 어때?”

노배인은 고개를 저었다.

“난 모르겠음. 그런데 나 어릴 적에 심장 수술 받다 죽을 뻔한 적 있잖아. 그때 사후세계 같은 데 갔다 오기는 한 거 같아.”

노배인은 초등학교 때 심장 수술을 받았는데, 수술 중

에 호흡 정지가 와서 죽을 뻔했다. 길 가다 갑자기 심장마비가 와서 병원으로 급하게 이송됐던 거였다. 듣기로는 길가던 사람이 도와줬다고 했는데, 그 은인을 찾아낼 수는 없었다.

노배인은 수술 중 죽을 뻔한 순간, 무의식의 세계에서 아름다운 들판을 거닐다 빛이 환하게 오는 곳을 향해 한참을 걸어갔다. 그러다 돌아가신 할아버지가 나타나 한 번 안아주고는 돌아가라고 해서 들판을 되돌아오면서 꿈에서 깨듯 깨어났다.

"흐음, 그래서 지금 이렇게 술을 많이 마시는 지도."

슬기는 노배인의 술잔을 탁 뺏고, 대신 마셨다.

"이제는 그만! 우린 장례 탐정 트리오라도 결성하자구. 그러니 술은 금지. 대신에 좀 더 건강하게 살아서 고인과 유족들을 돕자구요."

"아, 알았어. 나도 이게 막잔! 그리고 나도 주짓수나 배울까? 현명아, 우리 슬기 따라 같이 배우자."

다음날, 현명은 새벽에 일어나 한승자 상주의 장례식장에 출근했다.

마침 고인의 요양보호사가 문상을 왔다. 그녀는 한승자와 식사를 마치고, 한승자는 다른 문상객들이 와서 자리에

서 일어났다. 한승자가 나가는 라인댄스 동호회 회원들이
라 했다.

요양보호사는 현명이 가져다준 커피를 마시면서 고갯짓
으로 라인댄스 동호회 회원들을 접대하는 한승자를 가리켰
다.

"저, 저봐요. 아주 신이 나있어 보이지 않아요?"

"그래도 문상객들은 접대해야 되지 않겠습니까? 상주인
데요."

"그래도, 그렇지요."

요양보호사는 실눈을 뜨고 한승자를 나무라는 듯 말했다.

"강 교수님이 얼마나 힘든 상태인데도 글쎄, 감자 한 박
스를 받아 와서는 언젠가 그걸 갈아서 감자죽과 전을 해먹
이던데요. 그걸 가져온 이가 바로 저기 라인댄스 사람들 음
악 틀어주고 운전해주는 그 오 사장인가 하는 사람이래요."

요양보호사는 동호회 회원들이 있는 테이블을 눈여겨보
면서 청일점 중년 남자를 콕 집어 말했다.

"저어기, 머리 슬쩍 벗겨진 양반이요. 키 작고 마른 양
반. 저 사람한테 감자도 받고, 과일도 받고 그러더라니까
요. 그런 게 한 6개월은 됐나. 늘 직접 농산물을 들고 와
요. 텃밭에서 농사지은 거라면서. 그러니 둘 사이가 의심
스럽단 거죠."

"아하, 그러시군요."

현명은 고개를 끄덕였다.

"하지만 부검 상 질병사로 밝혀졌으니 걱정은 마십시오."

"저기, 이런 말들은 모두 비밀로 해주세요."

현명은 시선을 요양보호사와 맞추고 고개를 끄덕였다.

"걱정은 마십시오. 하지만 아직 선산에 모시기 전이라 고인의 귀가 열려 있을 수 있으니 조용히 해주십시오."

"어이구, 알겠어요. 돌아간 교수님이 얼마나 고상하고 좋으신 분인데요. 제가 책을 읽어드리면 눈을 끔벅이면서 듣는다니까요. 간 사람만 안 됐지. 이제부터 얼마나 살판이 나겠어요. 아픈 남편 보내고 나면."

"흐음, 쉬잇!"

"아, 네네."

그날 오후, 한승자의 시가 쪽 어르신들이 문상을 왔다. 하얀 한복을 곱게 차려입은 노부인과 중절모에 지팡이를 짚은 검은 점퍼의 할아버지였다. 그들은 들어오자마자 통곡을 했다.

"아이구야, 철승아. 교수까지 된 사람이 얼마나 고생하다 지금 시방 우리보다 먼저 가느냐. 꺼이, 꺼이. 형님 보낸 지 몇 년 됐다고 너까지 이리 빨리 가버리는 거냐."

한승자는 고개를 조아리고 조용히 서 있었다.

노부인이 한승자의 손을 덥석 잡더니 의자에 앉히고 말했다.

"고생했어. 고생했다."

"작은어머니 오셨어요. 와 주셔서 감사합니다."

중절모 어르신이 갑자기 호통을 치면서 지팡이로 빈소 제단을 턱, 쳤다.

"이게 제사 예법도 모르고 무슨 짓이여. 조율이시 몰라? 제사상 과일 대추, 밤, 배, 감 이 순서로 놓아야지. 이걸 왜 이딴 방식으로 차렸어?"

이때, 현명이 빈소로 스며들듯 물이 흐르듯 조용히 들어왔다. 그는 이런 어르신을 많이 상대해본 듯 난처한 기색 하나 없이 말했다.

"안녕하십니까, 어르신. 저는 이번 장례를 집전하는 장례지도사 한현명입니다."

"어, 그려. 자네가 이리 배치를 해둔 겨? 우리 진주 강씨는 이렇게 제사 안 해. 이거 어서 다시 배치혀."

"어르신. 일반적인 상례에 의거, 홍동백서 즉, 붉은색 과일은 동쪽, 흰색 과일은 서쪽에 놓은 것입니다."

이때 한승자가 천천히 다가와 조아리면서 말했다.

"작은아버님, 제가 다시 배치할게요."

"그래, 너! 나도 그냥 넘어가려 했는데, 할 말은 해야 것다. 내가 저, 저번에 전화해, 집에 없기에 어디 갔는지, 꼬치꼬치 그 간병사 양반에게 물었더니 춤이라는 단어가 튀어나오데. 너 남편 아픈데 그러고 다닌 게냐? 강 교수가 우리 집안의 자랑거리인데, 명문대 나와 하바드에, 대학교 교수에 얼마나 대단하드냐. 잠깐 아파 그렇게 됐기로서니 니가 그러고 다녀도 되는 거냐? 엄연히 우리 집안 종부 며느리 아니냐!"

노부인이 어르신을 말렸다.

"영감, 조용히 있다 가요. 조카며느리가 얼마나 고생했는데, 여기 와서 난장을 쳐요! 얘야 우리는 간다. 나와 보지 말아라."

어르신 부부가 가고 나서 한승자는 어지러운 듯 벽을 붙잡고 의자에 앉았다.

현명이 조용히 말했다.

"제사 예법은 중요한 것이 아닙니다. 집안마다 지방마다 다른데요. 신경 쓰지 마십시오. 무엇보다 상주로서 홀로 죽 계셔야 하는데 본인 건강을 잘 챙기십시오."

"장례지도사님, 정말 고맙습니다. 친정 부모님 장례도 오빠들이 알아서 해서 제가 홀로 상주가 된 건 처음이라서요."

한승자는 작은아버지에게 혼난 이후에도 문상객들을 받았다. 남편이 직장을 관둔지 오래여서 문상객이 그리 많지는 않았다.

현명이 빈소를 오가다가 문상객들이 하는 말을 우연히 듣기로는 유산으로 남대문에 상가가 몇 개 있어서 그 상가 월세로 생활비를 해결했다고 했다.

문상객 중 나이 많은 시댁 어르신이 와서 라인댄스 동호회 회원들이 식당서 음식 서비스를 돕고 수다 떠는 걸 보다가 한마디 했다.

"이선이 엄마야."

"네, 고모님."

"저 무신 소리냐? 시방 네가 강 교수 아플 때 춤 배우러 다닌겨?"

"그게 저…. 건강 삼아 잠깐 문화센터에서 들은 거예요."

"아니, 그래도 그렇지."

"아, 여보. 그냥 갑시다. 밥 먹었으면 집에 가자구요."

고모부가 고모의 손을 잡아끌었다.

"알았다. 발인 날 보자꾸나."

"네. 와주셔서 고맙습니다, 고모님."

현명은 그런 모습을 세세하게 관찰했다.

그날은 그렇게 일을 끝마치고 현명은 자정 즈음에 퇴근

준비를 했다. 한승자는 빈소 옆에 딸린 가족실에서 잔다고
했다. 현명은 부의금을 잘 보관하고, 문을 잠가놓고 자라
고 했다.

장례식장은 최근에 바이러스 전염병 등으로 상가 정문을
자정에 닫는다고, 정문에 팻말로 안내돼 있었다.

현명은 차를 몰고 퇴근하면서, 과거 일을 떠올렸다.

현명의 아버지, 한동인은 다다상조 회사의 박선우 대표
의 아버지 박지호와 30년 전에 장례 전문 회사를 설립했다.
지금의 거대 상조기업이 된 다다상조 회사의 전신이다. 20
년 전, 현명이 열 살 무렵, 마을의 종손 어르신이 돌아가셨
을 때다. 꽃상여가 나가는데, 그에 앞서서 방상시를 하면
서 잡귀를 쫓을 사람을 구하지 못했다.

원래 방상시는 중국의 신으로 곰의 가죽을 두르고 눈이
네 개인 황금가면을 착용하고 손에 창과 방패를 든 형상이
다. 상여가 나갈 때 방상시 가면을 쓰고 잡귀를 쫓는 일을
하면 1년 내로 죽는다는 속설이 있었다. 따라서 방상시를
하는 사람에게는 수많은 전답을 주는 풍습이 있었다. 하지
만 비용이 많이 들어서 차차 없어졌다.

고인이 된 종가 어르신은 꼭 한동인, 박지호 장의사에게
자신의 상에 방상시가 앞서 나가게 해달라고 종종 유언을
남겼다.

한동인과 박지호는 마을에서 방상시를 할 남자를 구했지만 구해지지 않았다. 그러다 한동인이 아내가 임신한 박지호 대신 방상시를 서게 된 것이다.

열 살이었던 현명은 아직도 20년 전 일을 기억한다. 할머니가 방상시 가면을 쓰는 한동인을 만류했지만, 그는 들은 척도 안 했다. 일을 완수하기 위한 사명감도 있었지만, 암에 걸린 아내의 수술비를 위해 큰돈을 벌고자 했다.

박지호와 아들 박선우 그리고 그의 임신한 아내는 방상시로 나선 한동인을 물끄러미 지켜보았다.

출상 날, 울긋불긋 높다란 꽃상여를 상여꾼들이 둘러메고 기다리고 그 앞에 한동인이 네 개의 눈이 부리부리하게 큰 방상시 가면을 마을 사람들의 도움을 받아 둘러썼다. 손에는 깃발과 창을 들었다. 상여꾼들 앞에서 놀이패들이 노래를 질척하게 불렀다.

"어화 청춘 벗님네야 이 내 말씀 들어보고 일시일생 공한 것을 어찌하여 멸할 손가. 가련하고 한심하다 오는 일을 어찌 하리 백발이 재촉하니 갈 길을 생각하소."

앞소리로 놀이패들이 이 노래를 하면, 뒤에서 뒷소리로 "어렁차, 어허"하고 후렴구를 넣으며 꽃상여가 따라왔다. 그리고 그 뒤로 상주와 상제들, 동네 주민이 줄줄이 이어 상주의 선산으로 향했다.

한동인은 꽃상여 앞에서 깃발과 창을 휘날리면서 길을 터 주었다. 벚꽃이 휘날리던 아름다운 사월의 한낮이었다. 바람이 산들산들 불던 그 좋은 날, 현명은 우는 엄마의 손을 꼭 잡고 서있었다. 아내의 병을 고치기 위해 1년 안에 죽는다는 속설을 무시하고 앞에 나선 아버지는 무척 늠름해 보였다. 장수 같았다. 하지만 뒤에서 마을 사람이 혀를 끌끌 차는 게 귀에 들어왔다.

"아무리 돈이 좋기로소니, 굳이 저렇게 방상시를 할까. 어허라."

"에허 그래도 한동인 사장이 박지호보다는 장례 일을 더 잘 아니께."

현명은 뒤를 돌아보았다. 박선우가 현명을 차갑게 노려 보았다.

장례는 잘 마쳤다. 한동인은 거액의 돈을 받아서 아내를 서울의 병원에 입원시켜 수술을 받게 했지만 차도는 없었다. 1년 후, 정말 속설이 맞기라도 한 듯이 한동인이 별안간 동네 어귀에서 집으로 오다 낙상하여 죽었다. 아내도 슬퍼하다 한 달 후 죽음을 맞이했다.

현명은 졸지에 부모 모두를 여의게 되었다. 장례는 박지호가 서울에 가서 상조회사를 설립하여 이사를 간 후라, 다른 동네 장의사가 와서 아주 조촐하게 치러졌다.

20년 후, 박지호는 아들 박선우와 다다상조라는 기업을 일구었다. 현명은 대학교에서 장례지도사학을 공부해서 자격증을 따고 현재 프리랜서로 일하면서, 다다상조 회사 일도 받아서 하게 된 것이다.

가끔 현명은 시신을 닦아드리는 연습을 할 때, 어릴 적 동네 상여 나갈 때 듣던 노랫소리가 귓가에 울렸다.

"삼천갑자 동방삭은 삼천갑자 살았는데 나는 백년도 못살아 구름도 쉬어 넘고 날짐승도 쉬어가는 험로를 어이 갈꼬. 제 헤에 에 제 헤헤 보살이로구나."

할머니 서명순 여사가 아버지를 보낼 때 곡소리도 내지 않고 조용히 아들을 보냈다. 현명은 눈물을 주먹으로 닦으면서 이 노랫소리를 들었다. 가끔 힘들 때마다 귓가에 들리던 소리였다. 아버지 가던 날, 날이 무척 맑고 좋은 봄날이었다.

마치 지금처럼 꽃잎 날리고, 진달래가 지천에 피던 화창한 날이었다.

아버지의 목소리가 귓가에 아직도 잊히지 않는다. 나직하게 현명에게 종이꽃 접는 법을 가르쳐 주던 그 목소리.

"현명아, 종이꽃은 상여를 가장 빛내주는 장식이란다. 너무 예뻐도, 너무 단출해도 안 된단다. 이렇게 접어서 꽃잎으로 표현하는 거란다."

현명은 눈을 지그시 감고 목소리를 떠올려보았다. 얼굴
도 눈가에 선명하게 떠오른다.

다음날, 한승자는 오후에도 홀로 빈소를 지켰다.

라인댄스 동아리 매니저 오 사장이 아직도 화환을 정리하
고 있었다. 현명은 의아했다. 그리고 보니 동호회 여자 회
원들도 가지 않고 빈소와 식당 정리 등을 늦게까지 돕고 있
었다.

"손님들이 큰 힘이 되네요."

현명의 질문에 한승자는 발그레하게 웃으면서 말했다.

"네. 저와 각별한 친구들이어서요. 다들 발인 때도 오고
선산까지 와주기로 했어요."

한승자는 환한 얼굴로 말했다.

"든든하시겠습니다. 운구를 들 분들은 섭외가 됐나요?"

"친구들에게 부탁하기도 그렇고, 남편 친구들도 그리 많
지가 않구요. 혹시, 여자도 되나요?"

현명은 고개를 끄덕였다.

"힘을 쓸 수 있는 분이라면 안 될 것도 없습니다. 예전에
는 상주를 남자들만 했지만, 이제는 보다시피 여성도 하는
시대가 됐으니까요. 정 못 구하시면 리무진과 버스 운전사
님과 제가 도와드리겠으니 걱정은 마십시오."

"그럼, 동호회 친구들에게도 알아볼게요."

그날 한승자는 동호회 회원들과 식사를 했다. 웃음소리도 나고 조금은 시끌벅적했다. 특히 등산복을 입고 온 여성 문상객은 요란한 화장에 술이 취했는지 과하게 떠들었다.

한승자도 무리의 분위기를 맞추느라 제지하지 않고 반갑게 맞이했다.

현명은 문상객 몇몇이 가고 나서 한승자에게 다가갔다.

"상주님, 사실은 문상객을 맞이할 때 반가워서 달려 나가거나, 크게 웃고 떠드는 데 동참하는 건 금기입니다."

한승자는 죄송한 얼굴이었다. 하지만 볼에는 홍조가 있었다.

"그게 저, 아무래도 댄스 동호회이다 보니, 흥 많은 친구들이어서요. 그 분위기에 맞추다 보니 하여간 죄송해요."

"상주님이 너무 크게 분위기 맞추고 신경을 쓰시면 문상객들도 마음이 불편합니다. 편하게 생각하십시오. 아무렇지 않은 듯 물이 유유히 흘러가듯이 편하게 상주로서 계십시오. 어려운 일은 장례지도사인 한현명이 성심껏 도와드릴 테니까요. 그리고 문상객을 기쁘고 환하게 맞이하면 안 됩니다. 어르신을 좋은 마음으로 보내드리는 기쁜 날이고, 생을 마감하는 졸업식이자 다른 세상으로 가게 되는 기쁜 날이 맞지만, 그렇다고 그걸 생색내면 안 됩니다. 부드럽게 고요하게 맞이하십시오."

한승자는 고개를 끄덕였다.

"네. 알겠어요. 제가 남편 상주를 하려니 힘들어서요. 그리고 라인댄스 동아리 친구들과 너무 친해 오바했나 봐요. 조심할게요."

한승자는 그렇게 말하면서 붉은 입술을 달싹였다. 입술과 눈썹에 반영구 문신을 해서 원래 나이보다 젊어보였다.

무언가 눈빛이 총총한 게 약간은 설레는 소녀 같은 느낌도 있었다. 현명은 흐음, 하는 얼굴로 한승자가 차분히 문상객을 맞이하는 걸 지켜보았다. 확실히 어제와는 다른 분위기였다.

현명은 슬그머니 고개를 끄덕이면서 자리를 옮겼다. 화환이 들어오자, 열을 맞춰 세우는 걸 도와주었다. 갑자기 시끄러운 소리가 어디선가 났다. 현명이 다가가 조용히 지켜보았다.

옆 상가는 평수도 크고, 식당 규모도 큰 대형 장례식장인데, 오늘은 재력가 회장이 돌아가셔서 오전에만도 화환이 100개 넘게 들어왔다. 그 화환들이 한승자가 상주로 있는 장례식장까지 침범해 들어오자, 화환을 정리하던 동호회 매니저 오 사장이 보다 못해 큰소리를 낸 것이다.

"아니, 여보시오. 옆에 상가도 생각해서 화환을 정리하던가, 꽃집에 되돌려 보내야지 이렇게 하면 되겠소?"

그러자 상가를 안내하던 검은 양복 사나이가 일갈했다.

"당신, 보아하니 상주 옷도 안 입고 여기 아침부터 꽃잎 떨어진 거 쓸던데, 여기 직원이야? 뭐야?"

"직원은 아닙니다."

"그럼 뭐, 상주 친척이야? 서방이야?"

"아니, 이 사람이 보자 보자하니까, 왜 반말지꺼리야."

"여기 돌아가신 어르신이 ○○기업 회장님이야. 어서 썩 꺼져."

"아니 정말 이 사람들이! 좋게 말하려니까."

현명이 조용히 다가가 말을 했다.

"죄송합니다. 저는 이쪽 호실을 담당하는 다다상조 파견 장례지도사 한현명입니다. 화환이 이렇게 많이 들어와 통행로를 막으니, 일단 리본만 떼고 화환을 꽃집에 다시 돌려보내는 걸로 하는 게 어떨까요? 보통 그렇게 합니다. 내일도 꽃이 들어올 테니, 통행로 확보를 위해 그렇게 하시지요."

이때 머리가 하얀 남자 상주가 나와서 그렇게 하겠다고 했다. 그는 검은 양복 사내를 혼내고 정중하게 사과를 하도록 시켰다.

현명은 일을 해결하고 나서 오 사장에게 조용히 타일렀다.

"상가에서 큰소리를 먼저 내시면 곤란합니다. 그런 일이 있으면 저에게 말씀해주십시오."

"아구, 제가 승자 씨 보고 너무 안타까워서 정리한다는 게 불미스럽게 만들었구료. 죄송합니다, 선생님."

"걱정하지 마십시오. 제가 있으니 장례 치르는 마지막까지 잘 도와드리겠습니다. 이런 일이 있으면 저에게 먼저 말해주세요."

오 사장은 커피 캔 하나를 식당에서 가져와 건네면서 말했다.

"제가 승자 씨가 남편 간병하는 게 하두 안타깝고, 저희 집사람도 그렇게 아프다 간 게 떠올라 남 일 같지 않아서 그간 텃밭에서 농사짓는 작물도 수차례 가져다주고 그랬죠. 오, 오해는 마십시오. 아무 사이 아닙니다. 그저 제가 승자 씨 저렇게 고생하는 게 마음에서 좀 그래서 그런 거죠. 선산에 모시는 날도 우리 모두 따라갈 겁니다."

"상주님을 생각하는 마음이 아름답습니다. 그렇지만 너무 과하게 몰입하면 문상객도 상주님도 불편할 테니 조금은 거리를 두어 주세요."

"알겠습니다."

오 사장은 머리를 잘 매만지면서 쑥스러워했다.

그날 밤 샤워를 마친 후 잠들기 전, 현명은 오래전 기억을 떠올려 봤다. 대학을 졸업하고 배낭여행을 다니면서 티베트에 가서 천장(天葬)을 지켜본 적이 있었다.

돌아간 자의 몸을 잘 발라서 독수리들이 먹을 수 있게 하는 과정은 엄숙함 그 자체였다. 티베트는 돌무더기 땅이라 땅을 파는 것도, 나무가 적어 화장하는 것도 어려운데, 그 상황에서 존엄하게 하늘로 돌아가게 하려고 조장(鳥葬)을 한다. 시신을 먹은 새들이 하늘로 높이 날아가면 극락왕생한다는 믿음으로 천장을 고수하는 것이다.

현대의 장례는 만일 다리가 없는 분이 입관할 때는 수의로 다리를 만들어 잇는다. 얼굴에는 곱게 화장을 해서 입관식 때 가족들이 불편하지 않고 마음 편하게 볼 수 있게 하는 방향으로 발전되었다. 다친 부분을 가리고, 얼굴은 최대한 자연스레 활기를 띠게 만들어 보여주는 입관식은 서양에서 비롯된 것으로 서양은 엠바밍(embalming) 과정을 거쳐서 더 오래도록 보존해 보여주는 방식을 택한다.

한번은 해외에서 사망한 재력가의 시신을 엠바밍으로 방부 처리해 오는 걸 도운 적도 있었다. 선배 장례지도사를 따라 일본으로 출국해서 일본 엠바밍 업체와 협업했다. 시신의 피를 모두 빼고 몸속에 약품을 넣었다. 고인은 호텔방에서 갑자기 심장마비로 갔다는데, 얼굴은 평온해 보였다.

현명은 각국의 장례식 형식과 각 상황에 맞춰 장례 문화가 바뀌는 걸 보면서 현대 장례도 그때그때 상황에 따라야 한다는 생각에 각 장례마다 융통성을 발휘했다.

가끔은 이런 부분이 선배 장례지도사와 의견 충돌을 일으키기도 했다. 상주가 불편해할 수도 있고, 상조회사에서 싫어할 수도 있지만 현명은 현명하게 상황을 파악하고 일을 처리해 왔다.

처음에 불편해하던 상주도 그의 일 처리를 보고는 "젊은 사람답지 않게 참 잘 하시네요"하고 만족했다.

현명은 과거 기억을 더듬다 잠들었다.

다음날 새벽, 현명은 출근 준비를 하다가 슬기의 연락을 받았다.

"현명아. 박선우 대표님이 사무실에 오셨는데, 잠깐 들러서 보고 가."

현명은 새벽에 슬기의 연락을 받자 일단 강동구 다다상조회사 지사로 향했다. 박선우가 타고 온 검은 벤츠 리무진이 사무실 주차장에 서 있는 게 보였다. 듣기로는 내부를 개조해서 클래식하고 쾌적하게 타고 다닌다고 했다. 하지만 그 차를 타고 다니는 그를 장의업에 오래 몸담고 계신 어르신들은 '죽음의 사자'라는 별명으로 부르기도 했다. 박선우는 자금을 바탕으로 오래된 장의업체를 공격적으로 인수하기도 해서 그런 별명이 붙었다.

사무실에 들어가니, 슬기는 서있고, 박선우는 앉아서 커피를 마시고 있었다. 평소 슬기가 듣던 힙합 음악이 아닌 슈만의 피아노곡이 사무실 안에 흘러나왔다.

박선우는 현명을 보자 단도직입적으로 말했다.

"현대적 최신 장례 기법으로 재정비된 상조회사로서 네 방식은 용납하기 힘들다."

슬기가 중간에서 난처한 얼굴을 하고 해명했다.

"그게 아니라, 저번에 그 장례지도 건은 하도 상주분들이 고인이 꽃상여 타고 싶다고 유언을 남겼다 해서 현명이도 어렵게 할머니 아는 분들 통해서 마련한 거야."

박선우는 서류를 탕, 소리 나게 테이블에 내려놓고 일갈했다.

"그 건으로 적자가 엄청나. 상조회사로서 정해진 수순대로 식을 치러야 하는데, 쓸데없이 종이꽃을 만들어 꽃상여를 꾸미고 상여꾼들 일당까지 책정됐어. 우리 회사가 두 배나 손해를 보았다구. 이런 일은 다이렉트로 미리 말했어야지."

"그게 저, 내가 보고를 했는데, 네가 해외출장을 나가서 말이야."

슬기가 당황해 말하는데, 박선우가 냉정하게 답했다.

"우리는 지금 초등 동창 과거가 아니라, 난 회사 대표 그리고 너희들은 직원과 용역일 뿐이야. 착각들 하지 마."

현명은 90도로 허리를 숙이고 사죄를 했다.

"죄송합니다, 대표님."

박선우는 한숨을 내쉬고 조금은 안도한 얼굴로 일어났다.

"앞으로 이런 일은 아니, 모든 일은 나에게 일일이 보고해요. 한현명 장례지도사!"

"알겠습니다, 대표님."

잠시 후, 사무실 창밖으로 운전사가 여는 문으로 벤츠에 올라타는 박선우가 보였다.

슬기가 치잇, 하는 얼굴이 되었다.

"야, 진짜 치사하다. 못 봐주겠는데."

현명이 옷매무새를 만지고 넥타이를 정갈하게 다시 맸다.

"다 잊어. 쟤도 회사 확장하다 보니, 힘들어 저러는 거겠지."

"그게 아니라, 너 현명이 말이야. 왜 그렇게 절절매. 옛날에는 안 그랬는데 어느 순간 갑자기 이렇게 상황이 바뀌어서 말이지. 박선우는 대표 되더니, 맨날 돈돈돈 하구 말이야. 그리고 아무리 그래도 우리가 다 초등 동창인데, 그렇게 깍듯이 굴건 뭐람."

"여긴 일터야. 그리고 내가 지금 진심으로 사죄하는 건 아니야. 상황을 빨리 정리하고 나가봐야 되니 급 사과를 한 거지. 지난번 꽃상여 일은 알맞은 선택이었어. 물론, 상조 회사로서는 적자겠지만, 지역신문에 미담 기사로 나서 그렇게 손해는 아닐 거야. 무엇보다 나 지금 한승자 상주님 장례에 얼른 가봐야 된다. 내가 한시가 급하단 거 알잖아. 당장 입관식과 성복제 준비해야 돼."

"알겠어. 가봐, 그럼."

현명이 다급히 나가자 슬기는 투덜댔다.

"쟤는 하여튼 여친 생겨도 상가 가느라 데이트도 제대로 못할 거야. 아차차."

슬기는 입을 손바닥으로 틀어막았다.

"할머니가 함부로 현명이 상가 가는 거 투덜대지 말랬는데. 부정 탄다구."

슬기는 어려서부터 현명이가 상가 일 도우러 가면 같이 놀자고 잡아끌었다. 그럴 때면 빈소 제단이나 상여의 꽃장식을 하던 도도 할머니가 슬기를 나무랐다.

슬기는 할머니 목소리가 들려오는 듯 샐쭉한 표정을 지었다. 도도 할머니는 슬기 친할머니인데 상복과 수의를 짓는 현명이 할머니와 이웃하며 살면서 평생 단짝으로 지낸 친구다.

한편, 박선우는 한현명과 헤어지고 차를 타고 가면서 마음이 불편했다. 현명은 늘 착한 얼굴과 예의 바른 인성으로 지금도 오슬기 등 동창들과 잘 지낸다. 하지만 박선우는 지금 그들과 거리가 느껴졌다. 한편, 현명과 슬기가 친한 것도 괜히 싫었다.

슬기를 좋아하는 그런 마음보다는 현명이 좋은 사람으로 보이는 그 자체가 그냥 불편했다. 하지만 현명은 다다상조의 외주 인력으로 꽤나 능력이 있어서 상주들의 후기가 매우 좋았다. 상가에서 일어난 분란도 그가 달려가면 잘 해결되었다. 회사로 칭찬 전화도 종종 걸려왔다.

어릴 적, 분명히 현명의 아버지, 한동인이 자신의 아버지 박지호보다 더 인정받는 장의사였다. 하지만, 어느 날 한동인이 가고 나서 모든 게 뒤바뀌었다. 동네에서는 박지호가 장의업체를 혼자서 운영하게 되었다.

그런 박지호를 두고, 사람들은 푼돈 쥐어주고 회사를 뺏은 파렴치한으로 몰아세웠다. 박지호는 가족과 함께 서울로 이사했다. 그리고 다다상조 회사를 세워 크게 키웠다. 모든 게 자신과 아버지의 능력과 노력으로 피땀 흘려 일군 회사이다. 하지만, 이상하게 현명과 슬기, 그리고 현명 할머니 앞에서는 그런 일들이 다 아무것도 아닌 일처럼 여겨졌다.

아직도 동네 사람들이 뒤에서 수군거리는 것만 같다. 회사 뺏고, 남의 가족을 무너뜨린 나쁜 사람으로 여기던 그들의 말들이 섬뜩하게도 뒷덜미에 달라붙는 것만 같다.

박선우는 고개를 절레절레하면서 운전사를 재촉했다. 회사로 빨리 가달라고 했다.

그날 밤, 장례식장에서 한승자는 현명과 마주앉아서 상조비를 계산했다.

"내일 발인은 8시 정각에 시작됩니다. 가시기 전에 상주, 상제분들이 모여서 장례식장에서 마지막 제사를 지냅니다. 아침 식사를 올리고, 조상신에게 인사하는 절차입니다. 여기 세부내역 영수증 확인해 보시죠. 제단의 꽃값과 상조회비 일체 등이 세세히 나와 있습니다."

한승자는 현명이 내미는 영수증을 확인하고 계좌이체를 해주었다. 그리고 조용히 말했다.

"그간 잘 치르게 해주셔서 고맙습니다. 젊은 분이 이런 일을 하다니 놀랐어요. 그리고 처음에는 잘할 수 있을까 싶었는데, 제가 상주로서 할 일을 일일이 일깨워 주셔서 고마워요. 첫날…."

한승자는 잠시 침묵했다. 현명은 진중하게 눈빛을 주면서 고개를 아주 슬쩍 끄덕였다. 그리고 다음 말을 기다려

주었다. 마침, 슬기는 장례지도가 잘 되는지 체크하려고 장례식장을 방문하다 이 둘을 보게 되었다.

슬기는 옆에서 역시 하는 표정으로 지켜보았다. 현명이 고인을 마지막으로 보내기 전에 회한의 말을 꺼내는 상주에게 보내는 태도였다. 그는 늘 말을 들어주었고, 상주는 입을 열기 마련이었다. 참으로 신기한 능력이다. 어떤 때는 죽은 자보다 산 자의 입이 더 무겁게 느껴졌다.

한승자는 천천히 입을 열었다.

"남편을 그렇게 간병한 지 7년이 흘렀어요. 장기요양등급을 받아 재가 요양보호사가 주간에 오셔서 제가 밤과 주말에 간호했죠. 그렇지만 주간에도 집을 나가기가 두려웠어요. 늘 마음이 안 편했고요. 지금 말고 앞전에 계시던 요양보호사가 그러다 저 먼저 죽겠다고 헬스클럽에 가서 운동하고 오라 해서 갔었습니다. 탈의실 화장대에 앉아 거울을 보는데 얼굴에 기미가 덕지덕지 낀 거예요. 안색은 칙칙하고.

최근에 남편이 병상에 누워만 있던 동안, 제 얼굴은 세월의 직격탄을 맞았죠. 그때 남편은 아프다면서 맨날 밤마다 저 붙잡고 울고불고. 후우.

저는 먼젓번 요양보호사의 충고대로 낮에는 백화점도 가서 봄옷도 보고, 친구들과 벚꽃놀이도 다녔어요. 물론, 남편을 휠체어에 태우고 장애인 택시를 불러서도 놀러 갔죠. 그리고 라인댄스를 문화센터에서 배우다가 소개해줘서 동호회에 가입해 무대 위에 올라 공연도 해봤어요. 그게 가장 즐거운 시간이었죠.

근데, ⋯그렇게 즐긴 게 잘못된 거겠죠. 남편은 자리보전하면서 저렇게 아픈데, 저는 춤을 배우러 다니면서 새로운 사람들을 만나 웃고 식사를 하는 게 정말 나쁜 일이겠죠."

현명은 차분히 말했다.

"사람이 간병이나 사랑하는 이의 죽음으로 곤경에 처하게 되면, 내적 적응 기간 동안에 마음이 무너져 어떻게든 살던 방식과 다르게 행동을 하게 됩니다. 고통을 회피하려 다른 길을 모색하는 거죠. 그런 사람한테 비난을 하는 건 옳지 않습니다. 인류학자 제프리 고러는 사별의 슬픔에 마음이 무너진 것을 두고, 건전하지 못하고 비윤리적이라 하는 것은 잘못된 것이라 했습니다. 너무 괘념치 마십시오."

한승자는 흐르는 눈물을 훔쳐냈다.

"남편이 아프고 잠시 간병이 너무도 힘들어 라인댄스 동호회를 나갔어요. 춤도 배우고 새로운 친구들도 사귀게 되었죠."

한승자는 거기에서 오 사장을 만나게 되었다. 상처하고 오래도록 홀로 산 오 사장은 동네 마트 사장으로 한승자도 얼굴은 알고 있었다. 라인댄스 동아리가 임대해 사용하는 댄스홀에서 다시 마주치게 된 것이다. 한승자의 집안 사정을 알고 있던 오 사장은 괜찮냐면서 자신도 아내를 간병한 기억으로 여러 조언을 해주었다.

그러다 만나서 커피 마시고 식사도 하게 되면서 점차 친근해진 것이다.

"남편이 아파서 치료를 따라다니며 그 수발을 들고, 잠자다 혹시 가지는 않는지 늘 일어나 살피고, 정말 얼굴이 자고 또 자도 까맸어요. 수면 부족에, 신경성 스트레스에 수면제를 먹었고요. 그러다 오 사장님을 만나 동병상련의 감정으로 이야기를 나누면서 솔직히 즐거웠어요."

한승자는 잠시 침묵하고 있다가 말했다.

"이제, 안 만나려구요. 정말 남편한테 못된 짓을 한 거니까요."

"사별 후 애도하는 과정은 그 고통을 이겨내기 위해 가장 먼저 죄책감부터 덜어내십시오. 동호회를 안 나갔더라도 돌아가시는 결과는 같습니다. 이제 빈집에서 계속 사시면서 죄책감으로 스스로를 벌주는 건 좋지 않습니다. 그걸 고인이 바라지도 않구요. 새 인생을 살기 위해 잠시 애도기를 가지면서 칩거하는 건 맞지만 오래 그러면 인생의 한 단계를 성숙하게 뛰어넘을 수 없지요. 볼칸이라는 정신과 의사는 일상에서 센 강도로 사별의 슬픔을 느끼지 않을 때 애도가 끝난다고 했습니다. 잘 적응해 나가십시오."

"고맙습니다."

한승자는 애써 슬픔을 억누르면서 말했다.

"저, 소원이 있어요. 정말 우리 그이가 돌아가기 전에 부탁한 건데…."

한승자는 입을 달싹이면서 말하기를 머뭇거렸다.

"말씀하십시오."

"우리 라인댄스 동호회의 춤을 보여주고 싶어요. 그이가 가기 전에 정말 보고 싶어 했는데…, 제가 춤추는 모습이요. 선산에 들어가면 보여줄 수가 없겠죠?"

"발인 때 빈소에서 할 수는 없습니다."

"그, 그건 저도 알죠. 나중에 하늘나라 가서 그이 만나면 할까요?"

한승자는 그렇게 또 눈물을 또르르 흘렸다.

"아니오. 장례 완전히 마치고 나서 가뿐한 마음에 하죠."

한승자는 미소 지으며 고개를 끄덕였다.

"참, 운구할 분들이 절반 넘게 여성인데, 괜찮을까요? 좀 걱정돼서요."

"물론입니다. 비혼 여성 장례를 집전했는데 친구들이 모두 여자분이어서 여섯 명의 여자분들이 든 적도 있습니다.

친구를 좋게 보내드린다는 마음을 먹어서 그런지, 모두 번쩍 들으셨어요."

한승자는 밝게 웃어보였다.

발인 당일, 동호회 여성 회원들도 끼어서 관을 들어 리무진에 실었다. 한승자는 리무진에 올라타고, 다른 사람들은 모두 버스에 올라탔다.

현명도 버스 중간 즈음에 앉아서 밖을 내다보았다. 정말 화창한 날씨에다가 하늘이 푸르러서 끝없이 높아 보였다. 버스 안은 고요했다.

간간이 고인과의 일화를 이야기하는 친지들의 말이 들려왔다.

한 시간을 달려 양주에 있는 선산에 도착했다. 버스에서 내려 산 중턱까지 걸었다. 관은 트럭에 싣고 올라갔다. 무덤 자리에 가보니 굴착기가 작업을 하고 있었다. 제사 음식과 식사 음식을 밥차가 와서 준비하고 있었다.

키가 작고 땅땅한 칠십 대 정도의 노인이 굴착기 기사와 인부들에게 작업 지시를 하고 있었다. 하얀 수염에 하얀 도포를 입었는데, 한승자에게 물으니 묏자리를 봐주는 지관이라고 했다.

지관은 한참을 지시하고 다니다가 갑자기 일갈했다.

"아니, 누가 여기다 벚나무를 심은 거야. 산소 주변에 꽃나무 심으면 후손이 바람나는 거 몰라? 앙?"

친지들이 고개를 수그렸다. 한승자가 앞으로 나서서 조심스레 말했다.

"돌아간 시어머니가 특히 좋아하던 꽃이라 애기나무를 심었는데, 어느새 자라서 이렇게 꽃비가 내리네요."

"흠흠. 삿된 일을 피하고 조심하세요, 상주님."

"네. 알겠습니다."

"자고로 금기사항은 피하는 게 좋습니다."

굴착기 기사가 땅을 다 파고 나자, 인부들이 하관을 했다.

지관이 유족들에게 삽으로 흙을 세 번씩 떠 넣으라고 했다. 한승자는 흙을 떠 넣고 바닥에 꽂으려 했다.

"어허 상주님, 취토할 때는 흙 푼 삽을 꽂아놓으면 부정타요. 삽을 들어서 다음 사람에게 건네주십시오."

한승자는 지관에게 혼나서 머쓱했다.

봉분을 세우고 봉분제를 지나고 나서야 현명이 앞으로 나서 지관에게 말을 했다.

"지관 어르신, 저는 장례지도사 한현명입니다. 상주님께서 아내 된 도리로 고인이 평소 원하던 소원 하나를 여기서 들어드리려 합니다."

"그게 뭔데? 오래도록 시간 걸리면 예까지 오신 손님들 언제 버스 타고 돌아가시나."

"15분이면 된답니다. 되겠는지요?"

"어서 하시도록 하게."

"네."

현명은 한승자에게 다가왔다.

"준비해 온 거 하십시오."

한승자는 오 사장에게 음악을 틀어달라고 부탁했다. 그러고는 운구에 참석했던 라인댄스 동호회 여성 회원들을 앞으로 나오게 했다. 그들은 저쪽 꽃나무 밑에 가방과 재킷을 놓아두고 대열을 이뤄 춤 연습을 했다.

지관이 꽃나무를 보고 혀를 끌끌 찼다.

"아니, 이 집안은 왜 꽃나무를 선산 옆에 심은 거야. 후손이 바람나고 망조 든다는 속설이 엄연히 있는데. 게다가 남편 무덤 앞에서 춤을 춘다니!"

지관이 불편한 기색을 감추지 못하자, 친지들이 동요했다. 현명이 슬그머니 지관에게 다가갔다.

"선생님. 사실 저는 한고수 할아버지 손자 되는 한현명입니다. 제가 여기 장례지도를 하고 있습니다."

"뭐라고? 자네 할배가 한고수 어르신이여?"

"네. 그렇습니다."

현명의 할아버지는 풍수를 연구해 묏자리와 집안 터를 봐주던 유명한 분이었다. 할아버지 이름을 대면 웬만한 분들은 반가움에 현명을 다시 봐줬다.

"아니, 이럴 수가. 그 어른이 내 스승님 친구분이셨네. 대단하신 어른이지."

"죄송합니다. 과거에도 출상 전날 빈 상여 장례를 치르면서 나쁜 기운을 물리치곤 했던 기억이 납니다. 저도 어릴 적에 다 보고 자랐습니다. 축제 같았습니다."

"그거야 그랬지. 하지만 그건 어르신들 호상이구. 이건 남편상이야."

"병석에 오래 누워 계셔서 부인의 라인댄스 공연에도 오실 수 없었다고 합니다. 남편 분 마지막 가시는 길에 공연을 보여드리는 것도 좋을 듯합니다."

"아니 그래도 그렇지."

"망자의 아쉬운 마음을 달래기 위해 댄스 동호회 친구분들이 오래도록 연습한 군무를 정중히 선보이는 겁니다. 제례의 일종이라 생각해 주십시오. 하고 싶은걸 다하지 못하면 한이 남는다는 걸 잘 아시지 않습니까?"

현명의 간곡한 요청에 지관은 하는 수 없이 고개를 끄덕였다.

"그럼 상주님의 간절한 마음이 전해지도록 그 라인댄스인지 뭔지 선보이시구료."

지관은 뒤로 빠졌다.

한승자와 동호회 회원들은 참석한 친지들에게 폴더 인사를 올렸다. 그리고 한승자는 숲 뒤로 숨어들어가 상복 치마를 슬슬 내렸다. 부츠 컷 레깅스가 나왔다. 동호회 회원들도 탈의했다. 검은색 티셔츠와 부츠컷 레깅스가 나왔다. 한승자는 저고리도 벗었다. 맞춰 입은 검은색 티가 나왔다.

상제들이 술렁였다. 고개를 돌렸던 지관도 뭔가 싶어 쳐다보는데, 오 사장이 휴대폰으로 음악을 틀었다.

〈섬마을 선생님〉 댄스 버전이 흥겹게 흘러나오면서 동호회 회원들이 흥겹게 춤을 춘다. 엉덩이를 실룩거리면서 두 손을 위로 들고 다이아몬드 스텝을 밟는다.

장중한 댄스를 생각했지만 너무나도 흥겨운 댄스에 대경실색하는 상제들과 지관. 현명은 무연하게 댄스를 본다.

셔플댄스도 섞어가면서 오른손은 허리에, 왼손으로 디스코처럼 하늘을 찌르면서 경쾌하게 한 바퀴 돈다.

지관이 에이, 하면서 돌아서고, 상제들은 어쩔 줄을 몰라 탄식을 자아냈다. 현명이 다가가 상제들에게 고인이 원하는 바이니, 조용히 관람해 주십사 부탁을 한다.

춤이 끝났다. 한승자가 어깨를 들썩이며 오열했다. 동호회 회원들이 아이고, 곡소리를 내기 시작했다. 상제들도 그제야 곡소리를 하고, 현명은 안도의 숨을 내쉬었다. 오늘의 장례가 무사히 끝났음을 깨닫는다.

"조심히 하늘로 돌아가십시오, 어르신. 사모님은 여기서 현실의 삶을 건강하게 사실 겁니다. 안심하시고 자연으로 돌아가십시오."

현명은 봉분을 향해 상체를 깊숙이 숙인다. 춤 구경을 마친 인부들이 봉분에 잔디를 마저 입히는 작업을 하기 시작했다.

좋게 잘 모셨다는 생각에 한승자와 상제들, 그리고 동호회 회원들은 가뿐한 마음으로 버스에 오른다.

"어머나, 승자 언니. 그 춤 이름이 대체 뭐야? 진짜 춤 친구들 의리 하나는 끝장난다. 여자들이 운구도 해주고, 무대도 선보여주고. 처음엔 나도 당황했는데 보니까 또 멋지더라고. 형부도 저 위에서 아마 웃고 있었을 걸? 우리 아들이 영상으로 찍었어."

"고마워. 여기까지 따라 와줘서."

"형부 잘 모셨으니, 이제 어서 집으로 가자. 삼우제는 미국에서 애들 오면 같이 잘 다녀가요."

오 사장은 가장 늦게 버스에 올랐다. 한승자 앞에 멈춰 서서는 생수를 건넸다. 오 사장이 고생했다는 듯 고개를 끄덕였다. 그리고 버스가 출발했다.

현명은 버스에 탄 유족들을 바라봤다. 피곤한 듯 다들 꿈나라에 가 있다.

저승과 현세의 길에서 사람들은 이제 서로 다른 길을 걷는다. 위에서도 가족들을 위해 빌어주는 고인들이 있기에 이 세상 사람들이 어쩌면 마음을 놓고 제 인생을 살아가는 것이리라. 현명도 등받이에 머리를 대고 눈을 감았다.

'후우, 한 분 또 보내드렸구나. 상주님, 이제 화려한 여인으로 사셔도 됩니다. 하늘나라의 그분도 상주님이 건강하고 활기차게 사는 걸 원하실 겁니다.'

며칠 후, 월차를 낸 슬기는 현명과 올림픽 공원에서 만났다. 마침 벚꽃이 만개해서 상춘객들이 제법 공원을 오갔다. 그들은 꽃길을 따라 걸었다. 슬기가 벤치에 앉아 잠시 쉬자고 했다.

슬기는 미니 아이스백에서 음료수를 빼서 현명에게 건넸다.

"야, 그 봉분 앞에서 라인댄스 무대, 누가 찍어서 유튜브에 올렸더라. 며칠 만에 3만 조회수인데 악플도 있고, 선플도 있고. 다다상조 회사라고 소문이 나서 그런지 며칠 만에 상조 가입자가 폭주했대. 고인 맞춤형 커스터마이즈 서비스를 한다고 해서. 네 덕분에 박선우 대표 완전 대박이야. 지난번 꽃상여도 더불어 미담으로 유튜브에서 난리가 났고 말이지."

현명이 나긋나긋하게 말했다.

"저기 좀 봐봐."

올림픽공원은 벚꽃이 만개해 꽃잎이 날리고, 버드나무 새싹이 파릇파릇 돋아나 있었다.

"삶은 소풍 오듯이 사뿐사뿐 놀다가는 거야. 인생이 생각보다 짧고, 우리도 벌써 서른이 넘었잖아. 그러니 너무 심각하게 생각하지 말고, 곱고 예쁘게 사는 것도 좋은 것 같아."

"야, 너 그렇게 얘기하는 거 보니, 네 할머니랑 똑같다. 역시 가족이다."

"당연한 거지. 우리도 소풍 오듯 놀다 저세상 갈 때 사뿐히 가자."

"흥, 네 손으로 내 염습을 하지는 않겠지."

"모르지 그렇게 될지도."

슬기는 흘긴 눈으로 현명의 어깨를 토닥토닥했다.

"이게 정말. 안 돼. 안 돼."

그렇게 말하면서 슬기는 두 손을 크로스 하듯 걸쳤다.

현명은 푸르디푸른 하늘을 올려다보면서 나직하게 말했다.

"고 강철승 님 잘 가세요. 상주님은 아마 잘 사실 겁니다. 너무 걱정 마십시오."

현명은 슬기를 보고 이어서 말했다.

"돌아간다는 말을 그래서 하는 거야. 사람들과 잘 지내다 아름답게 흙으로 바다로 하늘로 공기로 돌아가는 거거든."

"장례지도사는 역시 다르다니까. 알았습니다."

현명과 슬기는 꽃비가 내리는 벤치에 앉아서 시간을 보냈다. 저 멀리 언덕에서 연인, 가족, 친구들이 노니는 모습을 오래도록 지켜보았다.

그날 밤, 노배인은 봄밤을 기념하기 위해 동네 초입의 포장마차로 현명과 슬기를 불러냈다. 이미 전작이 있었는지, 노배인은 얼굴이 붉었다.

"이리와, 현명아. 우리는 인연이 참 깊다. 어쩜 내가 검안한 고인을 네가 장례지도를 하고 끝까지 잘 보내드렸다니. 게다가 라인댄스 이벤트라니. 아름다운 장례야. 오늘은 그걸 축하하는 술자리야."

노배인은 현명의 손등을 쓸어내리면서 고생한다고 위로했다. 슬기가 시답지 않게 보면서 치맛자락을 슬쩍 올리고 앉으면서 한마디 했다.

"얼마나 마셨는지, 얼굴이 벌겋군."

"아, 이거? 아냐 피부과에서 시술한 거야. 술 취한 거 아냐. 음냐냐."

"술 마시면 덧나는 거 아냐?"

"내가 의사인데, 괜찮아. 슬기야, 너도 계란 한 판 나이니까 스킨 보톡스라도 맞자. 내 친구가 하는 피부과 가자꾸나."

"어구, 됐어. 그럴 돈이 어디 있어. 먹고 살기도 빠듯해. 그런데 갈 돈 있으면 현명이랑 피시방 가겠다."

"야, 돈 소용없어. 너희 둘이 피시방 다녀? 으흠."

슬기는 볼에 약간 홍조를 띠면서 노배인의 질문에 이어서 말했다.

"요즘, 현명이 바빠서 밤낮이 따로 없어. 지난번에 만화 카페서 기다리는데 너희 둘 다 안 와서 얼마나 좀 그랬는지 알아? 덕분에 〈원피스〉 밀린 거는 다 봤다만."

노배인은 슬기와 현명을 게슴츠레한 눈으로 보면서 손가락을 까닥거렸다.

"호오, 왜 대화를 돌리는 거지? 의심스러워, 둘 사이. 스티커 사진도 나한테 들키고."

"뭐어? 지난번에 '인생 네 컷'서 사진 찍은 거 가지고 아직도 그런다."

"슬기, 현명. 그나저나 우리 버킷리스트인 제주도 여행은 언제 가? 거기 인스타그램 감성 카페 진짜 많은 한담 해변 좀 가자니까."

현명은 묵묵부답으로 안주만 젓가락으로 집어먹었다.

"현명이나 나나 누군가 돌아가시면 제일 먼저 달려가잖아. 내가 먼저 연락받고, 그 다음 현명이가 장례식장으로 가지. 놀이공원이나 여행도 누군가한테 다 맡기고 가야 되는데, 마음이 편치 않아."

"얘들아. 돌아가신 분은 내가 가장 빨리 가서 뵈어야 하거든. 그렇게 해서 시술비도 번다만."

슬기는 노배인의 뺨을 쿡 찔렀다.

"왜 그렇게 시술에 집착하는 거야. 우리 아직도 젊거든."

노배인이 고개를 절레절레 저었다.

"나 맨날 검안하러 다니잖아. 인생이 얼마나 신박하고 허무한지 알아? 저번에 검안하러 나가서 들은 이야기인데, 중년 아저씨가 칼 맞아 돌아가셨고, 그 아내분이 경찰 차량에 올랐지. 아저씨가 맨날 자기 아내가 바람을 핀다고 허리에 칼 차고 다니면서 윽박질렀대. 그런데 어느 날, 화가 난 그 아내가 도리어 술을 먹고 남편이 들고 다니던 칼로 자기 남편을 살해한 거야. 인생이 그렇다. 누가 먼저 갈지 모르는 거야. 내가 그 이야기 듣고 얼마나 슬펐게. 언제 갈지 아무도 몰라."

슬기가 자작하는 노배인의 잔을 뺐었다.

"야, 그만 마셔. 이름은 맨날 노 페인, 노배인이라면서 왜 맨날 아파하냐? 그것도 남의 일에. 넌 그냥 검안의야.

우리가 남의 비극에 감정이입하면 현명이는 어떻겠어? 3일씩이나 한 집안의 장례를 돕는 건데. 그냥 조용히 우리 일만 직업적으로 하는 거야. 현명이는 좀 더 감정이입돼 탈이지만."

"후후, 그래서 내가 이집트 파라오 미라처럼 죽어도 안 죽으려고 볼에 필러를 넣는 것이야. 음냐냐."

노배인의 우스갯소리에도 현명은 조용했다. 소라를 젓가락으로 집어 입에 넣고 오도독 오도독 씹었다.

"현명아, 너도 박선우 그만 미워해라."

슬기는 노배인의 입을 손바닥으로 틀어막았다.

박선우와 한현명, 노배인, 오슬기는 모두 초등학교 동창이었다. 박선우가 중간에 서울로 이사를 갔다. 현명과 슬기, 배인은 후에 서울에서 학교를 다니게 되었다. 누가 먼저랄 것도 없이 강동구 같은 동네에 집을 구했다. 작은 아파트 단지와 오래된 집들이 옹기종기 모인 주택가였다. 슬기네 도 할머니와 현명이네 할머니는 이웃이라 오래도록 매일같이 들여다보면서 사는 중이다. 박선우만 강남 삼성동에 있는 주상복합아파트 단지에 살았다.

노배인은 어푸푸, 거리면서 슬기의 손을 떼면서 말했다.

"그런 오래전 일은 잊고 이제는 박선우도 어여삐 봐줘요. 세종대왕님이 백성들을 어여삐 여기사 한글을 창제했듯이 말이지."

"야, 노배인 입 다물고 그냥 당근이나 먹으셔."

슬기는 노배인 입에 당근 조각을 넣어주었다.

"흐음."

현명은 꽃비 날리는 봄밤의 포장마차에서 조용히 말했다.

"차디찬 꽃샘바람을 이겨내야 꽃눈을 맺고 꽃이 피지. 한 여름 뜨거운 태양을 견뎌야 열매가 맺히는 거야. 그러니 인 간사 기쁨과 슬픔이 있어야 성숙해지는 거야."

"어구, 누가 지관 할아버지 손자 아니랄까 봐서. 현명이 너 완전 지관 할아버지랑 똑같다."

슬기는 노배인의 말에 어릴 적 지관 할아버지를 떠올렸다.

현명의 할아버지는 하얀 눈썹이 호랑이처럼 휘날리는 분 으로 죽장을 짚고 다니는 모습이 꼭 신선 같았다. 당집 신 령도에 나오는 신선처럼 보였는데, 마을에서 무덤을 쓰거 나, 이장할 때 날짜와 무덤 쓰는 방향이나 장례법에 관해 선 모르는 게 없었다. 무덤 풍수를 보고 어느 집은 아픈 이 가 낫겠다, 어느 집은 사업이 불처럼 일어날 것이라고 예측 도 했는데 곧잘 맞았다. 그리고 아이들의 관상과 사주를 보 면서 무슨 일에 종사하면 좋을 것이라는 말씀도 종종 했다. 슬기한테는 결혼을 늦게 하라고 했다.

내심 현명에게 호감을 갖고 있던 슬기로서는 서운하기도

했다. 하지만 맹세컨대, 현명에게 이성으로 호감이 있다고 입 밖으로 낸 적도 없었다. 괜한 화를 내고, 시비 거는 일이 더 잦았다.

슬기가 어색한 분위기에 화제를 돌렸다.

"야, 한현명 너가 지난번에 상주가 어렵다고 해서 못 받아낸 상조금, 거 있잖아. 내가 지사장과 다다상조 본사로부터 얼마나 깨졌는지 알아?"

노배인은 슬기의 말에 쿡 웃었다.

"한현명, 너 또 장례지도비 못 받았지? 얘가 그래요. 어떨 때 보면 맹한 건지, 착한 건지. 그러니까 오슬기, 너 남편감으로 현명인 안 돼! 내가 허락 안 해!"

"야, 노배인 보자 보자하니까. 입 다물라. 어서 이거나 먹어."

슬기는 골뱅이 사리를 젓가락으로 둘둘 감아 노배인 입에 쑥 넣어주었다.

현명은 조용히 돌아가신 할아버지를 떠올렸다. 아버지는 할아버지를 꽃상여 대신 소박한 하얀 상여로 모셨다. 할아버지의 유언이기도 했다. 아버지와 할아버지는 지인이 돌아가면 염습해 주려 단걸음에 달려갔지만, 가족의 장례는 조용히 치렀다. 현명의 어머니가 갔을 때도 마찬가지였다.

현명은 그 마음을 지금에서야 조금은 알 것 같았다. 가족들이 진심으로 고인을 추모하는 소박한 장례야말로 가장 멋진 장례식이라는 걸 아버지는 알고 계셨던 것 같다. 아버지의 그 유지를 받들어 현명은 상주와 상제들에게 과한 허례허식을 권하지 않았다. 상황에 따른 적절한 장례지도를 권해 왔다. 무엇보다 중요한 것은 고인이 원하는 방식으로 지도를 한다는 것이다. 무연고 장례 등을 집전할 때에도 정성을 다해 봉사에 임했다.

가끔 젊은 그가 이런 일을 한다고 하면 사람들은 물었다.

"험하지 않아요? 무섭지 않아요?"

현명은 그런 말을 들으면 차분히 답했다.

"제 일을 격식에 맞춰 규칙대로 진행해 나가는 것뿐입니다."

사람들은 그 말에 호기심을 접고 고개를 끄덕였다.

현명이 잠시 기억을 돌이켜보고 있는데, 노배인이 술을 깨려고 주머니에서 껌을 꺼내 씹다가 입을 열었다.

"야, 근데 정말 나도 시신만 보는 일 하잖아. 저번에 선본 남자가 턱 묻더라. 귀신 안 무섭냐고. 자기는 언젠가 가위에 눌렸는데, 무섭더래. 그래서 내가 그랬지. 대학병원에서 레지던트, 인턴 하다 보면 살아있는 환자들이 더 무서워서 도망간다고. 그랬더니 입을 다물더라. 내 손만 쳐다보더라니까. 시신 만지는 손은 궁금 좀 했나봐. 내가 화나서 막말했지. 뒷골 당길 때 뒤돌아보면, 거기 귀신 있어요!
그 사람 완전 벌떡 일어나서 도망갔어. 그 말에. 후후."

"다시 만나자고 연락은 왔냐?"

슬기가 슬며시 물었다.

"애프터? 당연히 안 왔지. 후하하. 그 남자, 밤길 가다
절대 못 돌아본다."

"알았어. 오늘도 현명이 장례 잘 마친 기념으로 뒤풀이하
는 거니, 입 좀 다물어. 시끄러워. 손님들이 너만 쳐다보잖
아."

"음냐냐. 미안, 미안. 현명이도 쏘리, 음냐냐."

셋은 포장마차를 나왔다. 달빛 아래, 꽃잎이 내리는 걸
보면서 슬기는 비틀거리는 노배인을 부축했다.

현명이 블루투스 이어폰을 꽂고 앞서 걷는데, 노배인이
큰 소리를 냈다.

"야, 우리 다 시간 되니, 지금 팝콘 끼고 영화 보러 가자.
얼마나 오랜 만이야. 마블 뭐 있나?"

슬기가 버럭 했다.

"야, 영화관을 어떻게 술 취해 들어가냐?"

"으응으으응. 그럼 이거, 이거 스티커 사진관 가자. 너희
둘만 인생 네 컷 가구! 나도 가자구."

하는 수 없이 현명이 앞서 들어가 촬영 기계에 지폐를 넣

었다. 노배인은 하트가 스프링 끝에 달린 머리띠를, 슬기는 경성풍의 클로슈 햇을, 현명은 검은 중절모를 쓰고 카메라가 찰칵찰칵 찍을 때마다 번갈아 가면서 포즈를 취했다.

슬기는 세 번째 컷에서는 현명의 어깨에 슬그머니 손바닥을 대면서 기대었다.

'설마, 현명이 내 사심을 눈치 채지는 않겠지?'

노배인은 슬기가 그러거나 말거나, 현명이 무표정한 얼굴로 천장을 쳐다보거나 말거나 가운데에서 팔짝팔짝 뛰면서 들썩였다. 그럼에도 하이힐로 슬기의 운동화를 한 번도 밟지 않았다.

슬기는 노배인이 일부러 취한 척하는 거 아닌가 하는 생각이 들면서도 짐짓 모른 척했다. 얼마나 힘들면 그러겠나 싶어서였다.

그렇게 그들의 봄밤이 지나갔다.

여름,

반려동물 상주 – 수시과정

은은한 명상 음악이 흘러나오는 피부과 병원 안. 화이트
톤의 인테리어에 곳곳마다 몬스테라 화분이 배치돼 있다.
로비 테이블에는 토닝 레이저 종류와 보톡스, 필러 가격을
적은 시술 안내 메뉴판이 있었다. 그 한쪽에는 에스프레소
커피머신과 홍차 티 세트와 쿠키가 놓여 있다. 다과를 즐기
면서 여유 있게 잡지나 시술 메뉴판 등을 보면서 차례를 기
다리는 손님들이 여럿 있다. 사현정 원장은 마침 환자 진료
를 마치고 일어섰다.

"원장님, 3번 방 리프팅 레이저, 5번 방 미백 레이저, 그
리고 진료 상담 환자 세 분 대기 중입니다."

귀에 꽂은 리시버로 상담실장의 목소리가 들려왔다. 사
현정은 오늘도 저녁 8시까지 야간 진료를 보는 중이다. 평

일에는 10시부터 8시까지, 토요일은 점심시간 없이 10시부터 4시까지 근무한다. 일요일 하루 쉬고 또 다시 시작되는 스케줄이다.

타 피부과에서 10년 동안 월급 원장으로 근무하다가 개원했다. 개원 4년 차에 접어들었지만 아직도 대출이자만 겨우 갚아 나가는 신세다. 최근 대형 프랜차이즈 병원이 근처에 우후죽순으로 개원하게 되면서 손님도 많이 떨어져 나갔다.

자신의 월급, 직원 월급, 건물 임대료를 제하면 이자나 갚지 원금 상환은 아직 멀었다. 그런데도 몸은 지쳐 있었다.

"참, 나 내일 하루 빼줘요. 친구가 대신 진료 보는 거 알죠?"

사현정은 진료 중간에 상담실장에게 다가가 일렀다.

"알고 있습니다. 잘 다녀오십시오."

사현정은 마음이 무거웠다. 내일은 동물병원에 보관 중인 쪼꼬미를 찾아 반려동물 장례를 치러줄 예정이다.

조그맣다고 쪼꼬미라고 이름을 붙인 시추는 사실 20년은 된 노령 견이다. 애기 쪼꼬미는 사현정의 대학시절을 같이 보냈다. 레지던트를 마치고 직장을 다니면서 엄마가 전적으로 맡아줬다. 개원하면서 이제는 같이 잘 지내볼까 하는 마음에 독립과 더불어 집에서 데리고 나왔다. 개원으로 바빠 미처 잘 돌보지 못했다. 게다가 쪼꼬미가 암에 걸리는 바람에 엄마에게 다시 돌려보냈다. 암 수술을 받았으나 여러 노환 질병으로 쪼꼬미는 시름시름 앓았다. 그래서 동물병원에 입원시켰는데 죽고 말았다. 엄마는 너무도 슬퍼하며, 사현정에게 장례를 맡기고 집에서 칩거했다.

장례 날이 바로 내일로 다가왔다.

사현정은 장례 당일 검은 옷을 찾았다. 마땅한 게 없어 검은 니트에 하얀 반팔 재킷을 입었다. 하얀색이나 베이지색 옷을 좋아해 검정 옷이 적었다. 검은 니트는 레지던트 할 때 입었던 오래된 옷이다. 사현정은 구두 대신 운동화를 꺼내 신고 집을 나섰다.

병원에서는 힐이나 펌프스를 신고 진료하면 환자들에게 좋은 인상을 남겼다. 특히 중년 부인들은 무척 세련되어 보인다고 칭찬도 했다. 하지만 오늘은 일이 많을 것 같아 운동화를 신었다.

"쪼꼬미 보호자입니다. 10분 늦을 것 같아요."

운전하면서 동물병원에 전화를 했다. 오늘따라 도로가 많이 막혔다. 사현정은 동물병원에 도착해 원장에게서 쪼꼬미를 인수받았다. 냉동고에서 나온 쪼꼬미를 확인하자니 마음이 무거웠다.

그간 10년 훌쩍 넘게 24시간 같이 지낸 엄마는 정말 힘들겠구나, 하는 생각이 들었다.

사현정은 동물병원에서 쪼꼬미의 시신을 인수받고 누군가를 소개받았다.

검은 양복에 검은 넥타이를 맨, 서른 즈음으로 보이는 남자가 다가와 꾸벅 인사를 했다.

"안녕하십니까? 쪼꼬미의 장례를 지도할 한현명입니다. 다다상조 회사에서 요청해 나왔습니다."

사현정은 자신보다 열 살은 어려보이는 친구가 장례를 지도한다 하니 놀라기도 했다. 하지만 친구들 부모님 상가에서도 30대 심지어 20대 여성이 염습을 하기도 했다.

"잘 부탁드려요, 선생님. 엄마가 향나무 관하고, 삼베 수의를 주문해 놨다는데 준비가 됐는지요?"

현명은 검은 서류가방에서 작은 사진첩을 꺼냈다.

"실은 저희 할머니가 모시 수의를 손으로 지으세요. 지금은 날도 더우니 시원하게 모시 수의도 추천해 드립니다."

"어? 삼베로 해야 되지 않나요?"

"그게 저, 사실은 일제 강점기 의례준칙에서 수의로 베나 무명을 쓰게 하고 비싼 비단이나 모시 사용을 일체 금지했거든요. 그래서 삼베로 하지만 모시로 짓기도 합니다. 속설에 모시로 지으면 자손들 머리가 하얘진다는 말도 있지만 근거는 없습니다."

사현정은 미간에 주름을 지었다.

"그게 오늘밖에 시간이 없어서요. 오늘 수의를 가져올 수 없다면 그냥···."

"걱정 마세요. 쪼꼬미의 체구에 맞춰, 저희 할머니가 금방 지어 가져다주실 겁니다."

"그럼 부탁드려요. 더위를 많이 타긴 했거든요."

사현정은 대학교 1학년 여름에 쪼꼬미를 만난 것을 기억해냈다. 고등학교부터 알던 친구네 개가 새끼를 많이 낳았다. 친구는 사현정에게 한 마리 입양을 할 건지 의사를 물어왔다. 부모님이 반대했지만, 사현정이 고집을 부려 쪼꼬미를 데리고 왔다.

하지만 의대 공부를 따라가느라 제대로 돌봐주지는 못했다. 학교 수업 마치고 도서관서 공부하다 집에 오면 쪼꼬미가 거실에 앉아 더위에 학학대면서 혀를 내밀고 있는 걸 보았다. 하얀 털에 검은 털이 군데군데 있었는데, 영리하다기보다는 무던하게 사람을 잘 따르는 편이었다. 낯선 사람이 와도 짖지 않고 찬찬히 살피기만 했다.

가끔 사현정이 감기로 학교에 안 가고 누워 있으면 침대 위로 뛰어올라와 곁에 있어주었다. 아기처럼 새근새근 자는 모습은 천사 같았다.

식탐이 많아 샤베트도, 카페라떼도, 요구르트도 좋아했

다. 특히 닭고기를 뼈 발라 주면 혀로 핥다가 꼭꼭 씹어 먹는 게 그렇게 귀여울 수가 없었다.

"수의를 짓기 전에 잠시 사이즈를 측정해 보겠습니다. 도와주시죠."

사현정은 동물병원 진찰대에 상자를 올렸다. 현명은 상자를 열고 쪼꼬미를 보여주었다.

"이 반려견이 맞는지 확인을 해주세요."

"우리 쪼꼬미 맞아요."

사현정은 담담했다. 죽었다고 연락받았을 때도 눈물이 나오지 않았고, 지금 인수하러 와서 보는 데도 침착했다.

현명은 쪼꼬미의 몸에 줄자를 대고 가슴둘레와 몸판 길이를 쟀다.

현명은 할머니에게 전화를 걸어 쪼꼬미의 사이즈를 알려주었다.

한편, 현명의 할머니는 도도 할머니와 이야기를 나누면서 수의를 지을 모시 옷감을 살폈다. '바느질집'이라고 자그마한 손 글씨 간판이 달린 가게 안은 각종 삼베나 모시 등의 옷감이 가득 쌓여 있고, 재봉틀 뒤로 각종 색색 실들이 선반 위에 올려 있었다. 현명 할머니는 금단추가 달린 니트에 플리츠스커트를, 도도 할머니는 민트색 쉬폰 원피스를

입고 있다. 도도 할머니는 레이스 양말을 멋들어지게 쓰다
듬었다.

"양말 예쁘지, 하나 줄게. 호호. 나가서 아이스커피 마시
자."

"개 수의 지어야 해서 좀 바빠."

현명 할머니가 모시 옷감을 들고 오며 말하자, 도도 할머
니가 받아들면서 말했다.

"뭐여? 개도 시방 수의를 지어 입힌단 겨? 이 모시로. 현
명이도 참 별짓 다 한다."

재봉틀 앞에 앉은 현명 할머니는 씩 웃어보였다.

"저번에는 재벌집에서 파충류 도마뱀의 수의를 특별 주문
했는데, 그게 악어만치럼 커서 옷이 갔다가 안 맞는다고 다
시 왔는걸. 고치러."

"알지. 나도 그때 제단에 생화를 장식했잖아. 국화보다
는 화려한 장미로 해 달래서 장미로 해줬지. 그래도 되나
싶었지만."

"국화로만 하란 법이 있나. 모두 일제 강점기 때 생긴 풍
습인데. 우리 어릴 적 꽃상여는 색색들로 얼마나 화려하게
꾸몄는데."

"그건 그래."

도도 할머니는 현명 할머니의 수의 짓는 일을 돕겠다고

바늘에 실을 꿰어 꿰맸다.

현명 할머니가 조심스레 말했다.

"어허, 수의 만들 땐 실을 도중에 잇는 게 아니야. 바늘땀을 되돌아 뜨지도 않는 법이지."

"알아. 나도 알아. 수의 지을 때 뒷바느질을 하면 고가 맺혀서 환생하지 못한다. 매듭을 지으면 매듭 때문에 저승 가는 길이 더디어져서 영가가 수의 지은 사람 꿈에 나타나 풀어달라고 한다는 말. 귀에 인이 박히게 들었지, 선생님들한테서. 그래서 내가 꽃으로 갈아탄 거라고. 바느질보다야 자유로우니까."

"도도야, 진짜 그 말들이 다 사실일까? 이 나이 되니 괜히 궁금혀."

"금기사항? 요즘에 누가 그거 따라. 손바느질도 이제 현명이 할매나 하지, 다들 재봉틀로 중국에서 드르륵 박아 오는데. 아, 어서 지어. 해 저물면 상복 안 짓잖아. 저승길 찾기 힘들어진다고."

현명 할머니는 수의를 지으면서 대답했다.

"모시로 지으면 자손이 눈이 어둡고 머리가 센다고 하지만 그건 삼베 권장을 위해 일제시대에 만들어낸 이야기라는 말도 있더라구. 그치만, 그래도 금기는 지키면 맘이라도 편하재."

도도 할머니는 고개를 끄덕이면서 빨대로 요구르트를 쭉 빨아마셨다.

"알지, 알지. 근데 아직도 현명이 아버지 무덤 안 쓴 거 후회 안 해?"

현명 할머니가 잠시 생각하다 고개를 저었다.

"자식 앞세운 내가 무슨 선택권이 있다고. 아들 보냈지. 며느리 따라갔지. 정신이나 있었나. 그냥 모두 곱게 화장하고 해양장으로 보냈지. 바닷물에 얼마나 잘 풀어졌는데. 동해안에 가면 아들 며느리랑 신나게 놀 거다."

"그래야지. 그럼, 그럼. 내가 이 강아지 잘 보내기 위해, 현명이 얼굴 세우기 위해서라도 무료로 꽃장식 해줄게. 무슨 꽃 쓸지 물어보라 해. 상주헌티."

이때, 김형길이 가게 문을 열고 머리를 빼꼼 들이밀었다. 낡은 운동모자로 탈모를 가리고, 등산복 점퍼에 낡은 작업복 바지를 입은 그는 어깨에 휘장기 가방을 둘러맸다.

"안녕들 하시오, 할마시들."

도도 할머니는 입술을 내밀면서 흥, 했다.

"아니, 형길 씨. 인사 좀 안 하고 가면 안 돼요? 어서 일 보러 가세요."

도도 할머니의 말에 형길은 껄껄 웃었다.

"현명이 할머니한테 인사드리러 온 거니 신경 끄슈."

"하, 누가 뭐래요?"

"오늘도 상가 가시는 길이세요? 잘 다녀오세요."

현명 할머니는 조용히 인사하고 모시 수의를 지어나갔다.

"여름에 모시 수의도 좋죠. 난 지하철 타러 갑니다아. 오늘은 날이 좋아 천천히 걸으면서 다니려구요. 먼 곳 걸리면 오토바이가 딱이지만. 현명 할머니, 언제 헬멧 빌려드릴 테니 같이 오토바이 좀 타자니까. 허허."

도도 할머니가 질색팔색 했다.

"아니! 이 영감탱이가. 어서 가요. 관심 없어요."

"허허, 도도 할머니 말고 현명이 할머니한테 드린 말씀인데…."

"어머어머. 흥!"

휘장기를 둘러맨 형길은 가게를 나와 지하철역으로 향했다. 오늘은 강남에 있는 종합병원에 가서 상가에 휘장을 걸어주고, 상이 끝나는 날에 다시 가 회수하면 된다.

지방에 상가가 있을 때는 고속버스에 싣고 가면, 지역의 휘장 담당 직원이 상가에 들고 가거나, 어떨 때는 형길이 직접 들고 가 휘장을 설치해 주기도 한다. 다리는 아프지만, 이 일도 안 하면 심심했다.

상조회사에 소속돼 돌아다니면서 휘장기 설치와 회수하는 일을 한 지도 벌써 10년이 흘렀다. 과거에는 공무원이었지만, 이제는 봉사한다는 생각으로 임했다. 형길은 시간에 맞춰 늦지 않게 도착해 정성스레 설치했다.

한편, 현명은 쪼꼬미를 다시 상자에 넣고 나서 전화를 받았다. 전화를 끊고 나서는 사현정에게 물어보았다.

"책임 보호자님, 제단에 쓸 생화는 따로 생각해 놓으신 게 있나요?"

"저요?"

"네. 인간은 상주라고 하지만 반려동물은 책임 보호자님이라 불러드립니다."

"아, 그렇군요."

사현정은 고개를 들고 잠시 허공을 보았다.

"쪼꼬미가 카네이션 좋아했어요. 국화 대신 써도 될까요?"

스승의 날 때였다. 과대표를 했던 사현정은 선물 대신 카네이션을 사다가 자그마한 다발을 만들어 지도교수께 드렸다. 방에서 꽃다발을 만들고 있으면 쪼꼬미가 웃는 눈으로 꽃을 쳐다보았다. 아주 예쁜 걸 본다는 듯한 얼굴이었다. 반려견을 키워본 적 없는 친구들에게 이런 말을 하면 웃기지 말라며 말을 잘랐다. 하지만 정말로 쪼꼬미는 꽃을 좋아했다.

"그럼 카네이션으로 제단을 꾸미겠습니다."

"흰색으로 해야 할까요?"

"아닙니다. 장례식에 사실 국화가 일반화되었지만, 저는 특별히 다른 생화로 장식해도 된다고 생각합니다. 입관 때 카네이션 넣겠습니다. 자, 그럼 이제 반려동물 장례식장으로 이동하시죠. 제 차를 같이 타셔도 됩니다. 이리로 다시 돌아올 거니까요."

사현정은 자신의 차를 동물병원에 두고 현명의 차에 올라탔다. 검은색 소나타가 현명과 그럴듯하게 어울렸다.

사현정은 쪼꼬미가 든 상자를 안고 가려 했지만, 현명이 뒷좌석에 안치하고 안전벨트로 고정했다. 그러고는 사현정을 그 옆자리에 앉게 했다.

"안전벨트 매십시오."

차가 출발하자, 사현정은 잠시 옛 생각에 젖어 들었다.

의대 공부로 마음이 급할 때였다. 신경이 날카로워진 현정이 엄마한테 화를 내고 방문을 쾅 닫으면, 쪼꼬미는 조용히 문 앞에 와서 기다리고 있었다. 절대로 먼저 방문을 열어달라고 박박 긁지 않았다. 사현정은 문밖에 쪼꼬미가 있다는 걸 깨닫고 뒤늦게 문을 열어주면, 쪼꼬미는 그제야 쪼르르 들어와 침대 위로 올라와 앉았다. 나이가 들어서는 침대에 올라오는 걸 어려워했다. 사현정이 안아서 올려주곤

했다. 침대 발치 왼쪽이 쪼꼬미가 웅크리고 앉아서 사현정을 바라보는 자리였다.

쪼꼬미는 사현정이 레지던트를 하던 무렵부터 몸이 좋지 않았다. 몸이 굼뜨고, 매일 잠만 자고 그랬다. 침대에도 못 올라왔다. 오줌을 실수하기도 했다.

언제던가. 사현정이 선을 봤는데 일이 잘 되지 않았다. 마음에 들었지만 남자는 차갑게 나왔다. 병원에서의 인사 고과도 안 좋고, 환자로부터 민원을 받아 기분도 안 좋을 때였다.

병원 근처 숙소에서 지내다 오랜만에 본가에 갔는데, 쪼꼬미가 아는 체도 안 했다. 그래서 더 신경이 쓰였다.

"야, 너도 나를 무시한다 이거지?"

사현정은 쪼꼬미를 안아 침대 위에 앉혔는데, 그만 소변을 지렸다. 사현정은 미간에 주름을 짓고 소리를 질렀다.

"야, 저리가! 어서! 더러워!"

그때, 놀란 쪼꼬미가 침대를 내려가다가 다리를 삐었는지 절면서 도망쳤다.

사현정은 그런가 보다 했다. 다음날 병원에 복귀해 엄마한테 전화를 걸었는데 엄마가 대뜸 화를 냈다.

"너! 가뜩이나 몸이 아파 힘겨운 쪼꼬미를 그렇게 혼내야 했어?"

"왜? 병원서 뭐래?"

"가벼운 타박상이라는데 얘가 이상해. 기운도 없고 너무 조용해. 이따가 닭이라도 고아 줘야겠다."

"흥. 나한테는 그렇게 신경 쓴 적이나 있어? 얼마나 병원 밥이 맛없고, 환자들한테 혼나는지 알아? 정말 서운하다구."

사현정은 그렇게 말했지만 내심 미안한 구석은 있었다. 주말에 본가에 가니, 쪼꼬미가 꼬리를 흔들면서 반겼다. 쪼꼬미가 아픈 것 같지 않았다. 자기 기분대로 대하는 사현정을 쪼꼬미는 충심으로 반겼다. 쪼꼬미는 서운하지 않고 언제나 무엇이든 다 잊어버렸다.

미안했다.

영원히 내 편인 건 결국, 아빠와 엄마와 쪼꼬미 뿐이었는데.

"다 와 갑니다."

사현정이 기억 속을 더듬는데, 현명이 현실을 일깨워 줬다.

사현정은 차창 밖을 내다보았다. 논과 밭이 나왔다. 우거진 수풀이 보였다. 구불구불한 길을 지나 다시 고속도로에 접어들었다.

여러 번 가는 길인지 현명은 내비게이션도 켜지 않고 능숙하게 운전해 갔다.

현명이 모는 차는 어느덧 고속도로를 달려서 경기도의 어느 건물에 도착했다. 언뜻 보면 하얀색 외관이 병원을 연상시켰다. 그곳은 반려동물 장례식장과 봉안당을 겸한 건물이었다.

사현정은 현명과 함께 안으로 들어간다. 대기하고 있던 검은 정장을 입은 여성 직원이 나와 안내했다.

현명은 사현정에게 화장하고 나서 봉안하는 장례 절차를 설명하고, 잠시 로비 대기실에서 기다려 달라고 했다.

"지금 화장로가 많이 밀렸답니다. 차 한 잔 드시죠. 수의와 꽃은 곧 도착한답니다."

사현정은 대기실에 준비된 커피머신에서 에스프레소를 내렸다.

"쪼꼬미와의 추억이 각별하십니까?"

사현정은 물끄러미 현명을 보았다.

"보통은 책임 보호자가 가족들과 함께 돌아간 반려동물을 추모하는데, 오늘은 다른 가족은 안 오셔서 대신 제가 추억 이야기를 들어드리겠습니다. 어떤 기억이 떠오르시죠?"

"언젠가 제 대학교재를 찢어발긴 적이 있어서 혼냈죠. 참 순한 편이었는데, 제가 하도 안 놀아주고, 방에 들어와도 모른 척하고 했죠. 그런데도 얌전했는데 의료봉사를 가서

2주는 있다 집에 돌아왔거든요. 그때, 내 교재를 다 찢어발겨서 굉장히 혼을 냈어요. 메모가 되어 있는 책이라 시험기간에 끼고 살려고 했거든요."

현명은 조용히 고개를 끄덕였다.

"아마도, 뭔가 나한테 서운한 게 있었겠죠."

그때 여성 직원이 나와 그들을 찾았다.

"염습 준비가 됐습니다. 한현명 지도사가 직접 하시겠어요?"

"네, 알겠습니다. 참, 책임 보호자님, 염습 참관을 해도 괜찮을지요? 혹시 마음이 아프시거나 충격 받거나 하시면….'

"가서 볼게요. 저 의사입니다. 괜찮습니다."

"그럼, 이리 염습실로 오시죠."

현명은 염습실로 들어가 쪼꼬미를 염습대에 올려놓았다. 다리를 가지런히 하느라 테이핑된 것을 가위로 조심스레 잘라냈다.

"털이 탈락되지 않도록 조심해서 잘라내야 합니다. 앞다리를 해주세요."

사현정은 가위를 들어 앞다리에 테이핑 된 것을 잘라냈다.

"여기 수술한 흔적이 있네요."

현명은 개복 수술한 흔적을 보여주었다.

"암이 생겨서 종양을 잘라낸 적이 있어요."

몇 년 전이더라. 병원 일 때문에 사현정은 쪼꼬미를 엄마에게 맡겼다. 쪼꼬미가 열이 나고 시름시름 앓는다고 엄마가 집에 와보라 했지만, 그때 병원 일이 바빠서 못 가봤다.

"현정아, 큰일 났어. 쪼꼬미 암이다. 암! 어떻게 해. 위에 종양이 있대. 같이 병원 가서 수술 받자꾸나."

사현정은 그 당시 병원 일도 바쁘던 터라 짜증이 났다.

"엄마, 나 바빠. 나 못 가니까 엄마가 케어해."

그리고 까맣게 잊었다. 그때 수술을 받았던 모양이다. 지금 보니, 개복 수술한 상처가 제법 크다. 쪼꼬미가 암에 걸렸을 때, 엄마에게 보내고 그 후로 들여다보지 않았다.

현명은 수술 자국을 요오드로 닦아주며 세심하게 습을 진행했다. 사현정은 그가 건네는 수건으로 조심스레 닦았다. 쪼꼬미를 안쪽에서 바깥쪽으로 수건으로 살살 닦았다. 그리고 배, 가슴, 등과 얼굴 순서로 닦았다. 다리와 발, 발톱, 코, 입속과 볼, 이마, 귀, 눈도 닦고 잘 감겨주었다.

현명이 모시 수의를 가져왔다. 할머니가 인편으로 급하게 보낸 것이다.

수의를 펼친 현명이 그 위에 쪼꼬미를 눕히고는 띠로 고정했다. 그리고 순서대로 수의를 입히고 덮었다. 마지막엔 리본으로 잘 묶어주었다. 발싸개와 모자를 씌워 얼굴을 살짝 가렸다. 사현정은 옆에서 조용히 진행을 도왔다.

"이제 입관하겠습니다."

현명은 향나무 관을 가져와 그 안에 한지를 깔고 쪼꼬미를 잘 넣었다. 사현정은 현명이 시키는 대로 바른 자세로 들어가게끔 하고는 한지 베개를 머리 뒤쪽에 받쳤다.

"미, 미안해. 흐흑."

사현정이 눈물을 흘렸다. 현명은 엄격하게 말했다.

"눈물이 수의에 닿으면 가는 길이 더딥니다. 조심해 주십시오."

사현정은 눈물을 참으면서 고개를 끄덕였다.

"이제 꽃을 넣겠습니다."

현명은 관 속에 도도 할머니가 만들어 놓은 카네이션 꽃다발을 가득 넣어주었다.

"이제 염습을 마쳤으니 천판을 닫겠습니다. 그 전에 마지막으로 하고 싶은 말 해주세요."

"쪼꼬미야, 누나가 많이 못 놀아줘서 미안해."

"그럼 닫겠습니다. 제가 운구를 들고 화장로로 이동을 하겠습니다."

현명은 마지막으로 쪼꼬미 모습을 확인하고 참관실을 나왔다. 현명은 기사와 함께 관을 화장로로 이동했다. 화장로에 붉은색 조명이 들어왔다.

1시간 후, 현명은 잘 마무리되었다면서 대기실에 있던 사현정과 이동했다.

"이제 유골 수습 절차 후에 유골함에 봉인할 예정입니다. 혹시 유골함 대신 보석 속에 넣는 걸 원하시면, 저희가 가공과정을 거쳐 일주일 후에 전달해 드립니다."

"유골함에 담아가고 싶습니다. 그리고 여기 봉안당에 안치하기로 엄마와 결정을 해놨어요."

"그럼 이동하시죠. 수골(화장하고 남은 뼈를 고름)하는 걸 지켜보십시오."

사현정은 화장로 옆의 분골실에서 현명과 장례식장 직원이 같이 분골하는 과정을 지켜보았다. 작은 뼈들을 추려 절구에 넣어 빻고, 남은 분골은 붓으로 쓸어 담아 주머니에 넣어 밀봉했다. 현명은 사현정이 고른 디자인의 유골함을 가지고 와서 그 안에 잘 넣었다.

사현정은 눈물을 흘렸다. 대학시절부터 인턴, 레지던트 과정 때에 자신이 받았던 상처를 품어주던 쪼꼬미가 완전히 사라졌다는 것이 그제야 실감이 났다.

사현정은 현명에게서 유골함을 받아들고 봉안당으로 걸어서 이동했다. 엘리베이터를 타고 3층으로 올라가 다른 유골함이 안치되어 있는 봉안당으로 들어갔다. 반려묘와 반려견들의 유골함이 사진과 미니 조화와 함께 실내에 안

치되어 있었다.

이동하던 현명이 사현정을 잠시 제지했다.

"멈춰 주십시오."

현명은 무릎을 꿇고 그녀의 풀린 운동화 끈을 묶어주었다.

"아."

"유골함을 들고 넘어지시면 정말 안 됩니다."

"고, 고맙습니다."

사현정은 왠지 눈물이 왈칵 났다.

누군가 자신을 위로해주는 기분이 들었다.

"제가 묶어도 되는데요. 굳이 이렇게까지…."

현명은 나직하게 말했다.

"상주와 장례지도사는 인연이 깊을 거라는 생각이 가끔 듭니다. 소중한 누군가의 장례를 도와준다는 것은 보통 일은 아니죠. 그리고 유골함은 상주님이 끝까지 들고 가야 합니다. 넘어지면 큰일이죠."

"네. 조심히 들고 갈게요."

전면이 유리창으로 된 봉안시설 안으로 햇살이 찬연하게 들어왔다. 덕분에 검은 고양이, 누런 고양이, 얼룩덜룩한 강아지, 하얀 털의 큰 개 등 여러 반려동물들의 사진과 다양한 디자인의 유골함, 그리고 보호자가 찍은 사진과 편지 등이 훤히 보였다. 모두 하나하나 사연이 있어 보였다.

사현정은 사다리를 타고 올라서 유골함을 4−121 번호 칸에 넣었다. 순간 정신이 아찔하여 비틀거렸지만 이내 정신을 차리고 중심을 잡았다.

"커피 마시고 나서 천천히 내려갑시다."

현명은 봉안시설 중앙에 있는 휴게실로 안내했다. 커피 머신과 정수기 등이 있는 간이 탕비실이 그곳에 있었다. 현명에게 커피를 받아든 사현정은 눈물을 보였다.

"그동안 아픈 것도 모른 척 내 일만 한 게 후회되네요."

사현정은 커피를 한 모금 마신 후 조용히 말했다.

"가보셔야 하지 않나요? 전 다 마셨으니…."

"쪼꼬미를 천천히 보내주십시오. 급한 건 없습니다."

"하지만 장례지도사도 퇴근을 하셔야 되잖아요."

"사람의 장례 때는 꼬박 3일을 지키기도 합니다."

사현정은 한숨을 쉬었다.

"늘 일에 치여요. 오늘 쉬는 날인데도 마음이 이상하게 바쁘네요."

현명은 지긋한 시선으로 경청했다. 사현정은 마음이 풀리면서 속 안의 말을 했다.

"대출을 무리하게 당겨서 병원을 차렸어요. 그랬더니 직원 월급 주기도 빠듯한 거죠. 분 단위로 시간을 계산해서 레이저나 보톡스 시술을 하러 들어가죠. 어느 손님이 무슨 시술을 받는지, 시술실 들어가기 1초 전에 알아요."

현명은 고개를 갸웃했다.

"손님? 병원에 오신 분은 환자가 아닌가요?"

"아, 피부과다 보니 미용 목적으로 오시는 분이 많으세요. 사실 환자가 일반적 호칭이겠지만요."

"그럼 환자분과 대화나 시선을 주고받으시지 않나요?"

"그게 저, 너무 바쁘다 보니."

"제 생각에 쪼꼬미가 가기 전에 시선과 교감을 나눈 적이 있습니까?"

사현정은 얼어붙었다.

"마음으로라도 하늘로 잘 올라가라고. 그간 관심을 기울이지 않아 미안하다고 전하십시오."

사현정은 잔에 남은 커피를 마저 비우고 고개를 끄덕였다.

"사실은, 최근에 단골손님들이 발길을 끊었어요. 제가 다른 병원에 있을 때부터 지지해주던 분들이셔서 개원했을 때 난초 화분도 보내주고 하신 분들인데 이제 안 오세요. 왜 갑자기 변한 걸까요?"

사현정은 가슴에 있던 의문점을 현명에게 털어놓았다.

"누구나 자신을 알아봐 주고, 예뻐해 주고, 관심 주는 사람을 좋아합니다. 심지어 반려견도 그런데, 환자분들은 의사와 대화 나누기를 좋아할 건데요."

"아아."

사현정은 그제야 사모님, 사장님들이 병원에 왜 안 오는지를 깨달았다. 월급 원장으로 있을 때는 마음의 여유가 있었다. 일상 대화도 나누고, 시술 전후에 피부도 어루만지면서 살펴보고 했는데, 개원해서는 환자 수 늘리기에 초점을 맞추다 보니 인사만 하고 얼른 돌려보내기 바빴던 것이다.

"이제 동물병원으로 돌아가도록 하겠습니다. 사진을 찍어 가져가는 게 어떨까요?"

현명의 제안에 사현정은 봉안시설에 안치한 쪼꼬미의 유골함을 촬영했다.

돌아오는 길에 사현정은 차 안에서 노을이 지는 산을 보다 잠시 눈을 감았다. 풋잠이라도 든 걸까. 눈을 뜨고 자는 듯한 느낌이었다. 노을이 지고 있는 산에서 쪼꼬미가 달려오는 게 보였다. 컹컹, 짖으면서 현정을 향해 달려왔다.

"쪼꼬미."

사현정은 중얼거리듯 쪼꼬미를 불렀다. 그리고 또 잠에 빠져드는데, 천상에서 들리는 듯한 나직하고 부드러운 목소리가 들렸다.

"내리시죠, 다 왔습니다."

사현정은 눈을 떴다. 차에서 내리니 머리가 쾌청하면서

여름밤의 선선한 바람이 느껴졌다. 자신의 차를 세워 둔 동물병원의 간판이 보였다. 유리창 안쪽의 동물병원 원장이 사현정과 눈이 마주치자 고개를 숙여 보였다. 사현정도 고마움을 담아 인사했다. 쪼꼬미는 이 병원을 예방주사부터 갖은 진료까지 장장 10년 훌쩍 넘게 다녔다. 동물병원장도 애틋한 생각이 조금은 들지 싶었다.

사현정은 현명과 인사를 하고 주차장으로 향했다. 그동안 쌓인 피로가 싹 가신 것처럼 발걸음이 가벼웠다. 밤하늘의 별이 쪼꼬미의 눈처럼 빛났다. 어디선가 컹컹 짖는 소리가 들려왔다. 사현정은 두리번거리다 하늘을 올려다보면서 "안녕, 나중에 만나." 라고 말을 했다.

그렇게 여름밤이 갔다.

가을,

나이롱 상주 – 염습과정

이성준은 오전 일찍 부고장을 받았다. 어머니의 부고였다. 이미 20년 전 이혼하여서 지금은 재혼해 다른 가정을 꾸린 어머니의 부고장을 톡으로 먼저 받았다. 그리고 국제전화 한 통을 연달아 받았다.

"형님, 정말 죄송합니다. 저희가 당장 갈 수가 없어서요. 삼우제 때나 도착 가능합니다. 제발 상주를 대신 서주십시오. 오늘 새벽에 가셨어요. 형님, 제가 영사관하고 병원 그리고 출입국관리 사무소에 다 알아봤습니다. 빨라도 삼우제 때나 갈 수 있어서 당장 상주를 할 수 없습니다. 부탁드립니다. 저 대신 상주가 되어주십시오. 장례식장은 잡아놨습니다."

성준은 의아했다. 어머니는 재혼 가정에 의붓아들이 있

고, 그 아들이 자신을 형님이라 부르면서 상주를 서달라는 것이다. 어머니와 재혼한 남편도 사망한 지라 성준이 혼자서 상주를 하게 되었다.

성준은 과거를 돌이켜보았다.

국제전화를 걸어온 동생을 어머니가 소개를 해줘 본 적은 있으나, 연락도 거의 안 하고 지냈다. 그런데 코로나바이러스로 피치 못할 상황에서 상주가 돼 달라는 것이다. 아버지도 돌아가셨고, 한국에 있는 자식은 자기 혼자라고 말이다.

동생의 말로는 그간 어머니가 요양병원에 계셨다고 했다. 그는 3개월 전에 한 번 뵙고 미국으로 다시 돌아갔다는 것이다.

성준은 어머니가 췌장암을 진단받아 아프다는 것을 알고 있었다. 이제 고인이 되신 분으로 얼굴을 뵙게 되는 것이다. 이혼한 어머니를 수십 년간 열 번이나 만났나? 그간 거의 교류가 없었다.

성준은 의붓동생의 청을 끝내 받아들였다. 어차피 지금은 드라마 투자를 받아야 하는 마지막 최종 단계라 할 일이 없었다. 투자자의 결정을 기다리면서 손을 놓고 있었다. 그간 영화 제작자로서 성준은 여러 히트 영화를 만들어왔다.

몇 편은 5백만 명에 가까운 관람객을 모았고, 몇 편은 칸

영화제 출품도 했다. 하지만 최근에 드라마 제작으로 업태를 바꾸어서 일하고 있었다.

역사 추리소설을 원작으로 사서, OTT에 드라마로 만들어 올리려 1년간 무수한 노력을 했다. 최종적으로 투자를 결정하는 아시아 총괄이사는 대본과 기획안, 그리고 원작을 오랜 기간 검토했고 반 년간 라인업 시기와 투자 금액을 놓고 저울질하면서 기다리라고만 했다.

이제 거의 투자가 결정되는 마지막 단계까지 와서 결과만 기다리는 중이었다.

성준은 미국에 있는 아내에게 전화를 걸었다. 아이와 아내가 미국에 간 지 1년이 좀 되었다.

"그래서, 당신이 상주를 서겠다는 거야?"

"응, 그렇게 됐어. 혹시 당신 한국에 나올 수 있어?"

"아니. 지금 아이 시험기간인데 어떻게 가. 어차피 시어머니 별로 뵙지도 못했잖아. 당신도 어머니 뵙기 싫다면서 명절에도 안 갔잖아."

"그거야 재가를 하셔서, 그쪽 집안사람이니 그랬지. 참, 세상일이 이렇게 된다."

"하여간 잘 보내드려. 그래도 당신 친어머니고, 나에게는 시어머니잖아."

"아, 알았어. 당장 상주가 급하니 할 수 없지."

"저기, 있잖아. 당신 그 투자자들하고 드라마 관계자들 있잖아. 상가에 오라고 해봐. 원래 그런 데서 교분도 쌓고 친해지잖아."

"에이, 설마."

성준은 아내와의 통화를 마치고 곰곰이 생각해 보았다.

나쁘지 않을 것 같다는 생각이 들었다. 코로나바이러스도 잠잠해져서 오기에도 나쁘지 않고 이런 데서 대접하고 대화를 나는 것도 좋을 듯싶었다.

성준은 즉시 카톡으로 보낼 부고장을 만들었다.

저희 어머니 김세전 님이 지병으로 별세하셨습니다. 생전에 베풀어 주신 후의에 깊이 감사드리오며 다음과 같이 영결식을 거행하게 되었음을 삼가 알려드립니다.

빈소 세명병원 장례식장 301호실
발인 2023년 10월 16일

그렇게 부고장을 작성한 후, 성준은 계좌를 적을까 말까 망설였다. 요즘은 오기 힘든 사람을 위해 편의상 계좌를 부고장에 넣는 게 대세였다. 하지만, 그렇게 하면 지금 투자의 결정적 키를 지닌 OTT 회사의 아시아 총괄이사 하연정은 안 올 확률이 높다. 그냥 부의금만 보내고 문자만 할 테니까.

성준은 과감하게 계좌를 넣지 않았다. 어차피 고등학교, 대학교 동창 녀석들은 물어보면 알려주면 그만이다.

성준은 상주가 보통은 상조회사나 장례식장에서 대여한 검은 양복을 입는다는 걸 알고 있었다. 빈소가 차려지면, 장례지도사가 사이즈를 묻고 가져와 입는다. 아버지 장례를 치를 때 그렇게 했다.

하지만 투자 관련 이사가 오는데 그럴 수는 없었다. 성준은 장례식장 가기 전에 급박하게 마사지 팩을 얼굴에 올렸다. 그리고 검은 양복을 찾아보았다. 얼굴에서 빛이 나야 투자자를 설득할 수 있다는 건 아주 오래전 선배 제작자에게서 들은 이야기이다.

"관상학적으로 말이야, 얼굴의 이마와 뺨, 코에서 빛이 나야 돼. 오악이라고 하는 게 빛이 찬연해야지. 눈은 아주 강렬하고 깨끗한 눈빛을 가져야 복과 운이 들어와. 내 돈을 잃을 것 같은 사람에게 누가 투자를 하겠나."

선배는 그렇게 말하면서 피부과를 수시로 다녔다. 레이저를 주기적으로 받고, 마사지를 받았다. 그래서 그런지 큰 투자도 척척 유치했었다. 영화가 실패할 때도 있었지만, 그의 얼굴 안색은 늘 좋았다. 양복도 항상 청담동 테일러 숍에서만 맞췄다.

성준도 그를 따라 고급 양복을 몇 벌 갖추었는데, 그중에 마침 검은색이 있었다.

"찾았다."

성준은 찾은 양복을 일단 옷걸이에 걸어두었다. 얼굴의 마사지 팩을 떼고, 기초화장을 하고, 양 태반 성분이 들어 부드럽게 발리는 비비크림을 얼굴에 꼼꼼하게 발랐다. 그리고 양복을 입었는데 헐렁했다. 아내와 떨어져 살면서 하루에 1식만 했는데 그게 핏이 잘 안 맞는 결과를 초래했다. 하지만 날씬해 보여서 나쁠 건 없었다.

성준은 차를 몰고 장례식장으로 향했다.

장례식장에서 돌아간 어머니를 확인했다. 검안의가 성준의 이름과 주민등록번호를 적어가고 사망확인서를 발급해주었다.

"화장장에서는 원본을 요구하지만, 그 외에는 사본도 괜찮으니 일단 이거 가지고 나중에 상속과 장례 절차를 밟으세요."

검안의 노배인은 성준에게 어머니의 얼굴을 확인시켰다. 방금 전 수시를 해서 말끔한 모습으로 영안실에 모셔져 있었다. 하얀 피부에 3센티 정도로 짧게 자른 하얀 머리칼이 인상적이었다. 돌아가기 전에 뵈었을 때는 어깨까지 오는 단발이었는데 간수가 힘들어 자른 모양이었다.

성준이 고개를 끄덕이며 말했다.

"저희 어머니가 맞습니다."

이때, 키가 크고 훤칠한, 검은 양복을 위아래로 입은 남자가 다가와 정중히 인사했다.

"안녕하세요. 저는 장례지도사 한현명이라고 합니다. 다다상조 의뢰를 받고 왔습니다, 상주님. 동생분이 연락을 주셨고 제가 잘 모시겠습니다."

현명과 성준은 빈소를 모신 장례식장으로 올라가서 이야기를 마저 나누었다.

"빈소에 오신 손님들을 대접할 음식을 먼저 장례식장 사무실에서 주문하십시오, 혹시 영정 사진 가지고 계신 게 있을까요?"

성준은 난감했다. 폰을 뒤져보았지만, 어릴 적 자신과 함께 찍은 사진 한 장이 전부였다.

"사진이 없는데 어떻게 하죠? 사실은 제가 미국에 있는 동생한테 다급하게 연락을 받아서 말이죠."

성준은 미국에 전화하려고 갤러리 폴더를 닫으려다 다른 사진 하나를 더 발견했다.

"아, 이게 있네요!"

성준이 대학 입학식 날, 어머니와 함께 찍은 사진이다.

이혼하기 전의 건강하던 모습이다.

"이걸로 하시겠습니까?"

현명의 물음에 성준이 걱정스러운 어투로 반문했다.

"너무 젊은 사진은 아닐까요?"

"괜찮습니다. 사진을 구하기 힘들면 어쩔 수 없이 가장 건강한 시절의 모습으로 영정을 하시기도 합니다. 그럼, 이걸로 사무실에 가져가 영정 사진을 만들어 오도록 하죠."

성준은 장례식장 사무실로 이동해서 음식과 제단 제사상과 향 일체를 주문했다. 사무실 여자 직원에게 사진 파일을 주고 컴퓨터에 옮기는 걸 지켜보았다.

성준이 빈소에 있는데 직원이 영정 사진을 만들어서 들고 왔다. 자신의 얼굴은 사라지고 어머니의 투피스는 분홍색 한복으로 바뀌어 합성돼 있었다. 그럴듯해 보였다.

빈소가 차려졌지만, 아직 문상객은 없었다.

맨 처음 도착한 화환은 성준이 거래하던 영상 편집회사에서 왔다. 그리고 미국의 의붓동생 앞으로도 몇몇 회사의 화환이 도착했다.

그리고 가장 먼저 도착한 문상객은 성준도 모르는 사람들이었다. 초로의 부부가 왔는데 먼저 향을 피워서 꽂고 국화를 바치고, 고인에게 절을 올렸다.

남자가 짧은 점퍼를 입어서 절할 때마다 등허리가 훤히

드러나면서 비와이씨라고 적힌 팬티 허리가 슬며시 드러났다. 성준은 짐짓 모른 척 근엄한 얼굴을 짓고 있었다. 맞절하고 나서 조용히 물었다.

"어디에서 오셨는지…."

"저희는 찬희 아버지와 한 교회 다니던 사람입니다."

"아, 그러시군요. 찬희 씨는 지금 미국에서 오는 중입니다."

"알고 있습니다. 연락받았습니다. 대신 상주를 서주셔서 정말로 고맙습니다. 찬희 아버지도 돌아가셨는데, 갑자기 이렇게 사모님도 돌아가시니 참으로 안타깝습니다."

"와주셔서 고맙습니다. 식사하시고 가시지요. 안내해 드리겠습니다."

성준은 문상객을 식당에 안내하고 다시 빈소를 지켰다. 잠시 손님이 뜸 하자 빈소 뒤에 놓인 의자에 앉았다.

그날 밤, 본격적으로 성준은 친지 등 문상객들을 맞이했다. 첫날은 거의 친지들이 오셨다. 먼저 작은어머니가 와서 안타까워했다.

"아구야, 성준아. 어찌 네가 이혼한 형님 상주가 되냐. 참, 일이 이렇다. 고생헌다."

"작은어머니 오셨어요?"

작은어머니는 성준의 손을 붙잡고 올려다보았다.

"네 어머니, 고생 많이 하셨다."

작은어머니는 문상객이 적은 틈을 이용해 성준 옆에서 조곤조곤 과거 이야기를 했다.

"너 아직도 엄마 미워하지."

"아니오. 제가 나이가 몇인데요."

"하기사 상주를 이렇게 선 것만 해도 기특하지. 너 대학교 다닐 때 엄마가 왜 아픈 몸에도 이혼 결심하고 집 나간 줄 알아?"

성준은 고개를 저었다.

"엄마가 장장 할머니를 몇 년 모셨니? 그런데 몸이 아파 죽을 것 같아도 자기 엄마 편만 들고 챙기라는 남편 봐봐. 속 터져, 안 터져? 나도 늘 미안했다. 시어머니를 형님이 장장 20년 가까이 모셔서."

성준은 과거를 더듬어 봤다. 할머니는 성준과 아버지에게는 내 새끼, 내 강아지 하면서 애틋했지만, 한집에 살면서 살림을 도맡아 하는 어머니에게는 냉혹했다. 별다른 말은 안 했지만 혀를 차는 버릇과 표정 그리고 말투만 보아도 알았다. 그 이유는 하나. 할머니 성에 안 차는 집안에서 시집을 왔다는 거였다. 그리고 몸이 병약해서 결혼할 때부터 마뜩찮아 했다.

"먼저 갈 년."

언젠가 할머니가 어머니 뒤에서 몰래 한 말을 성준은 기억해냈다. 어찌 보면 무서운 말이었다.

종종 앓아누우면서도 할머니 식사만큼은 챙기려 몸을 일으키던 어머니가 떠올랐다. 하지만 결과적으로 어머니가 이혼해 집을 나가고, 할머니가 5년 전에 돌아가시고, 아버지도 2년 전에 돌아가셨다.

어머니가 가장 오래 살아 계셨던 거였다. 할머니 갈 때도, 아버지 갈 때도 어머니는 오시지 않았다.

"근데 어떻게 다시 재혼할 기회가 생긴 줄은 아냐?"

성준은 작은어머니의 말에 기억에서 빠져나왔다.

"아뇨? 모르죠. 어머니 성격에 결혼정보회사를 찾아간 것도 아닐 것 같은데."

아버지도 어머니 재혼을 입 밖에 낸 적이 없었다.

"너 몰랐구나. 일하다 만났대. 형님이 식당에서 일하다가. 그 식당 사장이 혼자여서 초등학생 아들을 홀로 기르는데, 뜻이 맞아서 결혼까지 한 거지. 네 어머니가 어디 남자 함부로 만나는 스타일은 아니잖아. 네 할머니 가실 때도 상가에 몰래 왔다 가셨어. 나만 조용히 불러내 부의금 내고 돌아갔지. 할머니한테 죄인 같대. 그런 양반이니 그렇게 아픈 걸지도 모르지. 쯔쯧."

성준은 어머니의 또 다른 삶을 들었다. 대학교 입학하자

마자 얼마 안 지나 이혼해 나가신 어머니가 처음에는 미웠다. 하지만 대학과 사회생활을 하면서 별다른 의미를 두지 않았다. 그냥 아버지, 할머니와 사이가 안 좋아 나간 줄 알았다. 재혼했을 때도 소식은 접했다.

아무 생각도 들지 않았지만 쓸쓸하기는 했다. 아버지는 할머니 가실 때까지 같이 사셨고, 종종 여자 친구만 두었지 결혼은 안 하셨다.

그날 밤, 성준은 상가가 닫힌 후에 집에 잠깐 갔다. 자려고 침대에 누웠지만, 잠을 이루지 못했다. 새벽 4시에 차를 몰고 장례식장으로 다시 왔다. 빈소 안쪽 가족실에 딸린 샤워실에서 몸을 씻었다. 뜨거운 물에 몸을 한참 맡기니 시원하면서 피로가 가셨다.

오늘 오후 하연정 이사가 온다고 했다. 성준은 오전에는 드물게 문상객을 맞이했다. 동생도 미국에 있어 문상객이 많지 않았다.

성준이 입고 온 고급 양복바지는 이틀째 입어서인지 구겨져 있었다. 만약 상복을 대여했다면 스트레치 되는 스판 섬유라 안 구겨졌을 텐데 하는 생각이 들었다.

성준은 초조했다. 손거울을 주머니에서 꺼내 얼굴을 보니 불안한 기운이 보인다. 하는 수 없이 현명에게 부탁했다.

"지금이라도 상복 대여를 할 수 없을까요? 집에서 가져온 양복이 구겨져서요."

현명은 말없이 고개를 끄덕였다.

잠시 후, 양복을 가져왔다. 성준은 와이셔츠는 집에서 가져온 명품을 그대로 입기로 했다. 그는 대여 양복으로 갈아입고 나서 부탁했다.

"저기, 굉장히 중요한 거래처 사람들이 옵니다. 사무실에 말해서 국화 화환서 떨어진 꽃잎들을 모두 치워 주십시오."

"알겠습니다."

"참, 그리고 제가 1인 상주라 자리를 비우기 그런데, 중요한 문상객이 오니 여기 음식만으로는 부족해서 편의점에서 마른안주와 주류를 좀 사다 주실 수 있나요?"

현명은 고개를 저었다.

"외부 음식은 반입이 어렵습니다. 관리가 어렵고, 외부 음식을 드시다 탈이라도 나면 책임을 지기 어려우니까요."

"그건 알겠습니다."

성준은 하는 수 없이 하연정이 좋아하는 폴 바셋 커피를 배달로 받을 수 있는지 알아보는데, 마침 그때 하연정이 피디와 같이 빈소에 들어왔다. 같이 빈소에 들어왔다. 온다던 시간보다 일찍 왔다.

하연정은 검은색 투피스에 검은 핸드백을 든 세련된 차림새였다. 그녀와 붙어 다니는 이 피디와 같이 왔다. 이 피디는 몇 년간 여성 서사의 작품을 줄기차게 찍어 올린 방송사 피디로 여성 팬층의 지지를 받고 있었다.

이 피디는 편안한 캐주얼 차림으로 왔다.

"대표님. 고생 많으세요."

"아, 이사님."

성준은 하연정과 이 피디가 국화를 올리고 묵념 후에 맞절을 나눴다. 그러고 나서 식당으로 자리를 옮겼다.

"여기 앉으십시오."

성준은 두 여성을 해가 잘 드는 한적한 창가 쪽으로 안내했다. 오늘을 필사적으로 투자 유치 기회로 삼으려는 의도가 얼굴에 나타나지 않기를 바랐다. 사심 없는 무연한 표정과 좋은 운이 들어올 것 같은 빛나는 얼굴이기를 바랐다. 다행히 음료수를 가지러 가면서 몰래 손거울을 들어 얼굴을 살폈다. 뾰루지 하나 없이 맑아 보였다. 머리카락은 적당히 헝클어져 상주의 느낌도 있었다.

"사실 동생이 외국에 있고, 아내와 아이도 외국에 있어 저 혼자 다 하고 있습니다. 아무리 완화가 됐다고 하지만 5일은 걸린답니다. 코로나 방역으로요."

"고생이 많으세요."

하연정은 특유의 무표정한 얼굴로 고개를 끄덕였다. 그녀는 외국에서 투자와 경영 공부를 오래 하고, 외국계 투자 회사에 다녔다. 늘 감정이 얼굴이 드러나지 않았다.

그에 반해 검은 캡 모자를 쓴 이 피디는 오히려 안경 너머 표정이 다 읽힌다. 성준을 꼰대 제작자로 여기는 듯한 얼굴이다. 성준은 아랑곳없이 셔츠의 와이드 스프레드 칼라를 슬쩍 만지면서 아쉬운 얼굴을 해보였다.

"다음 주에 사무실에서 미팅해야 하는데, 제가 상중이라 어떨지…. 다시 연락을 드리겠습니다."

하연정의 얼굴이 슬쩍 변했다. 이 피디의 의미심장한 표정으로 성준은 눈치를 챘다.

아, 투자 유치가 안 되는 건가?

하연정이 조용히 입을 열어 조곤조곤 말했다.

"이 대표님, 사실 상가에서 이런 말씀을 드리기는 좀 그런데요. 윗선에서 이 대표님이 내신 드라마 투자 계획서 허락이 안 났습니다."

성준은 담담하게 차분히 말했다.

"제가 두 개 올렸는데요."

"아, 하나는 아직 검토 중이고, 사극 〈동거계사〉는 보류됐습니다."

"하 이사님, 보류라는 말씀은?"

"일단은 투자 결정이 안 됐습니다."

성준은 크게 낙담했다. 사실 두 개의 드라마 기획서를 올렸는데, 현대극은 그냥 둘 중에 하나 고를 때 들러리를 서라고 올린 거라 크게 기대를 안 했다. 하지만 역사극은 유명 작가에게 기획서를 받은 것이다. 자신이 수년간 영화로 풀려던 소재를 드라마 20부작 이상의 사극으로 만든 것이라 내심 기대를 하고 있었다.

율곡 이이 선생의 〈동거계사(同居戒辞)〉 글에서 제목을 따온 것이다. 이이 선생은 글에서 친지 가족이 더불어 화목하게 한 동네에서 어울려 사는 걸 주장했지만, 드라마 내용은 좀 달랐다. 사대부 여인들의 암투와 질시, 그리고 정조 시대의 김홍도, 신윤복 등이 일본에 스파이로 가게 된다는 내용을 담은 역사 대작이었다.

〈동거계사〉는 제목으로 빌린 것으로 드라마 내용과는 맞지 않았으나 어감이 좋아 그냥 썼다. 작품은 액션과 조선시대의 스파이전이 맞물려 내용이 제법 재미있다고 영화계에서는 주목받던 기획물이었다. 영화가 안 풀려 드라마로 갔는데 이런 대접을 받을 줄은 몰랐다.

"저기, 저는 글로벌한 소재라 OTT 드라마로 잘 어울릴 줄 알았는데, 뜻밖이네요."

성준이 허심탄회하게 말했다. 하연정이 잠시 커피를 마

섰다. 식사는 절반은 남긴 채였다.

이 피디가 침묵을 깨고 말을 했다. 평소에도 입바르다고 유명한 사람이었다.

"음, 저도 하 이사님이 모니터링 삼아 읽어달라고 해서 보긴 했습니다. 어차피 여성 서사를 시대물로 풀어보려 해서 다른 역사 추리소설 원작 검토도 하는 중이었거든요."

성준은 침을 꿀꺽 삼켰다. 저 감독이 말을 다르게 하면 혹시나 다르게 풀릴지도 모른다.

"근데, 사실 유 작가님 드라마인데, 아닌 줄 알았어요."

"아이디어와 기획은 제가 영화로 올리려고 했던 겁니다. 이야기가 길어져 드라마로 개작했구요. 유 작가님은 대본 집필이시죠."

"저 솔직히 제목 〈동거계사〉 원조인 이이 선생님의 글을 읽어 보기까지 했는데, 전혀 내용이 다르던데요."

"그건 제목이 어감이 좋고 의도가 좋아 붙인 거지, 제목을 바꿀 의향도 있습니다."

"아, 아니 제목은 끌려요. 다만 제목과 다르게 너무도 여성들끼리 싸우고 대치하는 구도에 풍속 화가들의 스파이전이 어울리지 않았습니다. 궁중과 사대부의 여인들이 정조의 정치에 관여하고 스파이전을 모사한다는 건 여성 서사 시대물로 의미 있고 재미있기도 했어요. 하지만 그들끼리

진영을 나눈 대결 구도는 좀 그렇더라구요."

이 피디는 말을 마치고 사이다를 따라 마셨다.

성준은 영화판에서 잔뼈가 굵었는데, 이 피디는 영상대학원 나와 방송사 피디가 된 게 몇 년이나 됐는지 슬쩍 생각해 봤다. 기분이 그냥 그랬다. 게다가 자신의 어머니 상가에 와서 자신이 기획한 작품을 깎아내린다. 하지만 감정을 드러내면 진다. 비즈니스는 매사 밀당이다.

성준은 소매 깃을 슬쩍 만지면서 말했다.

"그래도 유 작가님이 대한민국에서 킬링 타임 시대극 하나는 끝내주죠. 제가 생각해도 이 여인들의 암투와 스파이전 구도는 괜찮습니다. 그리고 세계적으로 그날 처음 보는 아이디어인 데다가 새로운 느낌의 드라마입니다. 한국의 풍속 화가들이 일본에 스파이로 간다는 게 새롭잖아요. 저는 먹힐 것 같습니다."

이 피디는 네, 네 하면서 사이다를 마저 마셨다. 대수롭지 않게 흘려듣는 것 같았다.

성준은 슬쩍 기분이 나빴다. 아무리 여기가 나이가 어릴수록 갑이고, 커리어 보다는 당장 대박 난 작품이 있는가가 더 중요한 동네라지만 한숨이 나왔다.

"알았습니다, 이사님. 하지만 이 피디님. 이 드라마 좋은 드라마이고, 율곡 이이 선생님의 원래 글도 무척 좋습니다. 제 감은 틀리지 않다고 봅니다."

이 피디는 또박또박 말했다.

"제목하고 내용이 언밸런스한 느낌이 있어서요. 그냥 괘념치 마세요."

"알겠습니다."

성준은 굳은 얼굴을 했다. 하연정과 이 피디는 일어서서 정중하게 인사하고 나갔다. 그들의 이야기를 마침 가까이에서 듣고 있던 동료 드라마 제작자 강 대표가 뒤늦게 슬쩍 다가왔다.

"이 대표, 너무 염려하지 마. 다른 투자자 줄을 알아보면돼. 드라마 잘 안 풀리지? 잘 안 풀릴 것 같다가도 갑자기 일사천리로 일이 진행되기도 해. 이 바닥 다 알면서."

또 다른 제작자도 다른 테이블에 있다가 다가와 대화에 끼어들었다.

"투자회사나 투자 담당자만 매정한 것도 아냐. 왜, 개인 투자자 변 사장 알아?"

"알지. 코로나 발발하자마자 마스크 공장 만들어 대박 난이."

"변 사장도 저번에 영화 흥행이 안 됐으니 투자금 싹 다도로 내놓으라고 얼마나 강짜를 부렸는지 알아? 그 사람 돈함부로 물면 큰일 나."

강 대표가 성준에게 소주를 한 잔 건넸다. 성준은 입만 댔다.

"우리 고생한 얘기 끝내주지, 뭐. 정말 제작자들 저승 가서도 보따리로 싸가지고 가서 풀어도 모자라. 하여간 그 개인 투자자한테 당한 일이 얼마나 레전드인지 몰라."

"저승이 뭐야. 무덤 열고 나와서 이야기한다니까. 이 바닥 이야긴, 히히."

성준은 제작자들 푸념이 무척 웃겼다. 하연정은 그렇게 투자를 안 한다고 하고 갔지만, 제작자들끼리는 코믹한 이야기로 마음을 달랬다.

삼일장의 마지막 날이었다. 소수의 친지들과 발인을 마쳤다. 동생이 마련해 놓은 봉안당에 어머니를 모셨다. 삼우제 날은 미국서 온 동생이 가본다고 걱정 말라고 했다.

장례를 마친 후, 여러 날이 흘렀다.

성준은 32평 아파트에서 홀로 자는 게 이미 1년이 넘었다.

집도 일 때문에 안 들어온 적이 꽤 되었다. 국제영화제나, 협업할 드라마 제작 관련하여 출장을 다니고, 예전 기획한 영화 촬영 현장을 다니느라 동가식서가숙으로 산 지 오래였다.

상을 잘 치르고, 며칠은 잠을 자느라 정신없었다. 하지만 드라마 제작도 무산되고, 이러저러한 생각에 고민 중이라 수면 패턴이 바뀌어 이제는 잠을 잘 이룰 수가 없었다. 무엇보다 입관 시에 본 어머니의 붉은 꽃신이 자꾸 뇌리에 잊히지 않았다. 평소 검은 단화만 신던 분인데 가신다고 화려한 신에, 삼베 수의에, 붉은 입술에 그런 게 어울리지 않았다.

그런 상태로 몇 주가 더 지났다. 어깨 통증은 물론 지병이던 이석증까지 도져서 이비인후과를 다녔다. 이석 치환술을 받고, 한의원에 가서 추나 치료와 마취통증과에서 도수치료를 병행했다. 온몸이 종합병원 식으로 아팠다. 밤에는 어둠 속에서 무언가 튀어나올 것만 같은 두려움에 수면을 이룰 수가 없었다.

급기야 거실 불을 켜고 자는 방식으로 잠을 청해 보았다. 여전히 뭔가 튀어나올 것만 같다.

자다가 무서워서 방에서 뛰쳐나온 적도 있었다. 거실에 벌렁 드러누워 핸드폰만 붙들었다. 아내한테 전화를 할까 말까 망설이는 동안에 무서워서 손이 덜덜 떨렸다.

밤새 설쳐서 낮에 잠깐 잠을 청할까 하는데, 갑자기 위층서 쿵쿵 의자 옮기는 소리가 났다. 성준은 화가 와락 났다. 어서 드라마 제작해 돈을 벌고 싶다. 준재벌만 산다는 청담동 펜트하우스에 빨리 들어가고 싶었다. 그런 곳은 층간소

음도 적고, 무엇보다 이웃 간에 보기 싫은 건 안 보고 살지 않을까.

1년 간 아내가 해외에 있어서 성준이 아파트 관련 일들을 처리했다. 관리소장에게 층간소음이나 쓰레기 화단 투척 같은 문제를 항의해도 잘 처리가 되지 않았다.

지난번에는 위층 어디에선가 담배꽁초를 버렸는지 그게 베란다에 걸쳐져 있는 게 보기 싫었다. 성준은 주식 부자나, 스타트업 부자 혹은 원래 뼈대부터 부자인 집에 소속해보는 게 꿈이었다. 언젠가 자신이 만든 영화가 히트하면 당장에 이사를 가리라, 하는 생각을 종종 했다.

성준은 대낮에 위층에서 나는 소음으로 잠을 설치니 기분이 좋지 않았다. 낮에도 잠을 못 이루고, 밤에도 잠을 못 이루는 날이 이어졌다.

다음날, 아내에게 걱정을 끼칠까 싶어 차마 전화는 못하고, 귀신을 쫓는다는 붉은 옷을 찾아다 침대 옆에 두었다. 그리고 정신과에 가서 심리적 스트레스를 상담 받았다. 의사는 수면제를 처방해줬다. 아무렇지 않던 집이 낮에 들어오는 데에도 겁이 슬쩍 났다.

성준은 밤이 되는 게 두려웠다. 안 자려고 영화나 드라마를 봤다. 새벽 3시가 되면 그래도 침대에 드러누워 간신히 눈을 붙였다. 새벽 네다섯 시까지 정신이 말똥말똥했다.

아침이 되면 수면 장애 때문에 미칠 지경이 되었다. 온몸에 한기가 들고 정신이 산만했다.

드라마 작가가 보낸 원고도 집중해서 볼 수 없었다. 하는수 없이 부족한 잠을 전철 안에서 혹은 한의원에서 근육 통증이나 수면 장애 등의 침을 맞으면서, 네일숍에서 발의 각질 관리를 받으면서 잠을 잤다.

성준은 집에 있는 서랍이란 서랍을 다 뒤져서 아내가 교회 다닐 때 걸어두었던 십자가와 성경을 모두 찾아 침실에두었다. 그날 밤은 안정되게 잠을 잤다. 그렇지만 다음날은 여전했다.

그렇게 사는 게 사는 것 같지 않게 지냈다. 그러던 어느날, 영화 촬영현장의 스틸 컷을 찍어준다고 후배 감독과 약속을 해서 나가보았다. 과거에 사진 공부를 해서 전문가용카메라가 있었다.

배우들의 스틸 컷을 찍다가 잠깐 휴식을 취하던 중이었다. 성준은 그곳에서 뜻하지 않은 얼굴을 발견했다. 어머니 상가에서 장례지도를 해준 남자였다. 아마 이름이 한현명이었던 것 같다. 다다상조 회사에서 파견 나왔다는 그사람.

현명과 우연히 만난 성준은 그에게 다가갔다.

"저 기억 안 나세요? 지난번에 장례를 잘 지도해 주셔서 정말 고마웠습니다. 여기 촬영장에는 무슨 일로 오셨어요?"

현명은 정중하게 인사를 했다.

"기억납니다, 상주님. 안녕하세요."

검은 양복이 아니라, 하얀색 면티에 청바지를 입고 운동화를 신은 모습이 경쾌한 청년 모습이었다.

"장례식 촬영장면 자문하러 왔습니다."

"정말 배우를 하셔도 되겠는데요?"

현명이 살며시 미소를 지었다.

"그게 말입니다. 잠깐 커피 하시겠어요?"

성준은 한류 스타의 팬카페에서 보내준 커피차에서 커피 두 잔을 받아왔다. 그리고 밥차에서 마련해 놓은 테이블 자리에 앉아 물어보았다.

"장례지도를 꽤 해보셨잖습니까? 정말 귀신이 있는 겁니까?"

현명은 성준의 까칠한 얼굴을 유심히 들여다보고는 시선을 내렸다.

"글쎄요. 귀신이라는 말보다는 영가라는 말을 쓰기는 하죠."

"저, 선생님! 저 좀 도와주세요. 어머니 상을 치른 이후로 밤에 무섭습니다. 자꾸 뭔가 튀어나올 것 같고 그렇습니다. 벌써 3주가 지났는데 여전합니다. 혹시 장례식장의 다른 영가가 따라온 건 아닐까요? 너무 무서워서 귀신들이 싫어한다는 붉은색 옷이나 소품이나 성경도 꺼내서 침실에 두고 지낸답니다. 물론 소용도 없지만."

"심약하신 분들이 간혹 그런 경우가 있다고 듣기는 했는데, 저는 그랬던 적이 없어서요. 그것보다 현실적인 일에서 오는 스트레스가 장례 스트레스와 겹쳐져서 그런 건 아닐까요?"

"그래도 장례식장에 워낙 많은 장례가 동시에 치러지니, 혹시 제게 무슨 귀신이라도 붙은 거 아닌가 싶습니다."

현명은 고개를 저었다.

"제가 장례지도학과를 나와서 세계의 다양한 장례를 조사하고 직접 가서 보기도 했습니다. 인도네시아 슬라웨시 섬의 또라자 족의 장례식은 1년간 준비하는데 그 기간 동안 망자를 방안에 모시고 같이 생활하기도 합니다."

"네에? 같이 지내요? 시신과 함께요?"

"네. 장례식 비용이 워낙 많이 들어 그 기간 동안 돈을 모으죠."

성준은 현명의 눈을 살피면서 조심스레 말을 꺼냈다.

"제가 사실은 어머니와 떨어져 지낸 지 오래됐고, 부득이하게 미국에 사는 의붓동생이 못 와서 제가 상주를 한 건데 이렇게 힘들게 됐습니다. 어머니와는 거의 남남처럼 지냈는데 돌아가시고는 상주가 된 거죠."

성준은 조곤조곤 부모님이 이혼하고 떨어져 산 사정을 말했다.

"그래서 말인데 제가 효도를 안 해서 벌을 받은 걸까요?"

"그럴 리가요. 부모님인데 상주님을 해코지하지는 않겠죠. 그것보다는 오히려 마음속의 영원한 아군인 후원자를 잃어버린 상실감 스트레스가 아닐까 싶네요."

"그럴까요? 아버지, 할머니 상도 잘 치렀고, 어머니는 재혼하셔서 저와 그렇게 만난 적이 많지도 않았는데요. 제가 그리 상실감이 클까요?"

"보통은 병석에 계신 분을 안 찾아간 것에 대한 죄책감도 그런 식으로 옥죄는 경우가 있어요. 다 시간이 흘러야 해결됩니다. 마음으로 부단히 빌어주세요. 잘 올라가시길 바라는 마음으로요. 모두 굽어 살펴주실 겁니다. 진심으로 비십시오. 그리고 곰곰이 자신을 돌아보시면 해답이 나옵니다."

성준은 현명이 가고 나서, 상주로서 장례를 주관하던 자신의 마음을 돌이켜보았다. 한 마디로 어머니 인생을 이해하고 정리한다기보다는 장례식장에 투자 관련 사람들이 와서 뭔가 일을 도모하려는 마음이 더 앞섰다.

한마디로 나이롱 상주였다. 가짜 상주.

그날 밤, 수면제를 먹은 성준은 자정에 겨우 잠이 들었다. 그리고 한참을 잤는데, 귓가에 자신을 부르는 소리에 잠이 번뜩 깼다.

"어머니?"

성준은 상체를 벌떡 일으켰다. 그대로 불 켜진 거실로 달려 나갔다. 새벽 4시였다. 어머니가 돌아가시던 시간이었다. 성준은 덜덜 떨면서 갑자기 눈물이 왈칵 쏟아졌다.

대학교 입학하던 날 어머니가 성준의 손을 어루만지면서 나긋나긋하게 하신 말씀이 떠올랐다.

"성준아. 작가가 되면 좋은 이야기 많이 써다오. 엄마도 한때는 작가가 되고 싶었는데."

어머니는 영화학과에 입학한 그에게 그런 말을 했다.

성준은 문득 그때의 기억을 떠올렸다. 어릴 적부터 본가 책장의 낡은 책꽂이 안에 문예지나 교지가 여러 권 있었다. 아버지를 보내고 나서 유품을 정리했었다. 낡은 책들을 영화 기획할 때 참조해 본답시고 가져와 베란다 서가에 꽂아두었다. 몇 번은 펼쳐서 읽었던 적이 있었다.

성준은 당장 책장으로 가서 낡은 문집이 있는지 찾아보았다.

한 권이 눈에 띄었다. 얼른 집어 들었다. 책 표지가 무척 낡아 바스러질 지경이었다. 누렇게 갈변된 종이를 들추니여고 졸업반이 쓴 글들이라는 교장 선생님의 소개 글이 나왔다.

성준은 목차를 살폈다. 졸업생들의 에세이와 소설, 시 등이 실린 책들이었다. 어머니 이름이 눈에 들어왔다. 당장 페이지를 찾아 펼쳤다.

이이 선생의 동거계사를 읽고 느낌 점

(3학년 4반 김세전)

이이 선생은 일찍부터 가족들이 함께 모여살기를 희망했으나 가세가 어려워 떨어져 살았다고 한다. 그 뒤에 고향 해주에서 형제 조카들과 함께 살면서 동거계사를 지어 권장하였다고 한다.

일곱 개의 조목 내용은 다음의 것들이다. 부모에게 효도하고, 정성으로 제사를 받들 것. 홀로된 형수를 일가 으뜸으로 받들 것. 사사로운 재물을 두지 말고 아내와 소실을 모두 지극하게 대할 것. 웃어른을 공경하고 삼촌 사촌형제도 어버이와 친형제의 예로써 사랑하고 화목할 것 등등.

나는 지금 고등학생 신분이지만, 훗날에 결혼해 동거계사를 다시 읽게 되면 꼭 실천해 보리라 마음먹는다. (후략)

성준은 불현듯 깨달았다.

지금 드라마 〈동거계사〉는 오래된 문집에서 본 어머니의 에세이가 단초가 되어 기획된 것이다. 오늘에서야 그것을 깨달았다.

어머니는 입학식 날, 동거계사 이야기를 했었다. 그렇게 가족, 친지 그리고 나아가 이웃들과 어울려 사는 걸 보여주는 좋은 작품을 써보라 했다. 그리고 동거계사는 불편해도 어울려 사는 미덕을 보여준다고 했다. 가난한 사람도, 부자인 사람도, 어울려 살면서 친척 간, 가족 간에 힘들어도 버텨야 한다고 했다.

그렇게 말씀하시고는 얼마 지나지 않아 이혼을 했다. 얼마나 가슴이 쓰라렸을까. 당신의 신념대로 살 수 없는 이율배반적 모습에 얼마나 힘들었을까.

성준은 지금에서야 어머니의 심정이 이해가 되었다.

그날 밤, 성준은 잠들기 전에 하연정 이사에게 메일을 하나 보냈다.

드라마 〈동거계사〉의 기획의도와 줄거리를 수정하겠다. 조선 여인들의 치정과 암투, 질시가 아닌 화목하게 잘 살기 위해 노력하며 스파이전을 모사하는 여인들의 열정과 우정, 연대의식에 포커스를 맞춰 보겠다는 내용이었다.

그리고 현대에는 빈부의 격차로 동네마다 다 금을 쳐놓고 살지만, 이이 선생의 정신은 서로 어울려 사는 미덕을 강조한다고 덧붙였다.

성준은 드라마 작가에게도 1~2화 대본에서 수정을 원한다고 일단 메일을 보내놓았다. 어디서 본 듯한 여인들의 치정과 질시가 아닌 현대에 사라진 동거계사 정신을 구현하는 것도 의미 있는 일일 것 같았다.

"앞으로 더 좋은 작품을 만들겠습니다, 어머니."

성준은 그렇게 침대에 누워 잠을 이루었다.

겨울,

출퇴 상주-발인

재형은 갑자기 큰형수의 연락을 받았다.

"도련님, 어서 ○○장례식장으로 오세요. 아버님 돌아가셨어요."

재형은 깜짝 놀랐지만 이내 검은 양복을 찾기 시작했다. 지금 살고 있는 투룸이 공간이 적다보니 아마도 양복을 본가에 두고 온 것 같다. 현재 서른. 회사를 다니다가 프리랜서 웹 개발자로 독립한 지 2년이 되었다. 그동안 본가에는 명절을 빼고는 거의 가지 않았다.

재형의 아버지는 8년 전부터 파킨슨을 앓았다. 침상에 24시간 누워 계시거나, 이동을 할때에는 휠체어를 사용했다. 정신도 있고, 떨리는 손으로 음식도 드셨지만 요양보호사와 엄마가 번갈아 간병했다. 집안은 아버지의 병환으로 분위기가 침울했다.

재형은 회사를 나오면서 벌어놓은 돈으로 투룸 반전세를 얻고 집에서 1시간 걸리는 중심가에서 살았다.

"어, 오늘 트레이너님 만나는 날인데."

재형이 회사를 나오게 된 건 피트니스 대회 준비 때문이었다. 최근 영앤리치, 핸섬앤톨, 빅앤머슬 등 트렌드에 동참하는 청년들은 외모가 뛰어났다. 이제 단순히 금수저, 은수저, 흙수저 논리를 떠나서 외모도 커리어나 결혼에 중요한 조건이 되었다. 재형은 자신이 리치와도 거리가 멀고, 핸섬한 얼굴이라 보기에도 애매해 빅앤머슬을 택했다. 근육을 키워 대회도 나가고, 생활체육 지도자 자격증 등을 따서 트레이너로 투잡을 해보고 싶었다.

아버지는 재형을 마흔넷에 늦둥이로 낳으셨다. 재형은 아버지와 나이 차도 많고 해서 어려워하며 자랐다. 독립한 뒤로 재형은 거의 집에 가지 않았다. 엄마와 간병인 그리고 형과 형수들이 아버지의 병수발을 전담했다.

재형은 어버이날 이후, 6개월 만에 가족을 만난다. 장례식장에서 아버지를 뵙게 될 줄은 몰랐다. 재형은 형들이 대략 사이즈를 맞춰 가져다 놓은 상복을 건네받아 입었다.

검은 슈트를 입은 여성 직원이 다가와 재형에게 물었다.

"상제님, 이거 사인 좀 해주세요. 저희 다다상조 회사를 이용하겠다는 세부 계약서입니다. 상주님한테 메인 계약서는 받았는데, 외부 음식 반입은 안 된다는 세부 조항 계약을 받으려구요. 읽어보시죠, 먼저."

"제가 해도 될지요? 형들이 먼저 한 것 같은데."

"그럼 전화해 보시겠어요? 세부 내역이라 다른 사항은 거의 없어요. 여기 주방 외에서 만들어진 음식을 반입하지 않는다는 게 주이죠."

"알겠습니다."

슬기는 재형과 마주앉아서 서류를 작성했다.

"근데 저기 혹시 고등학교를 어디서⋯."

"어, 오슬기 아냐? 고등학교 이후 몇 년 만이야? 나 모르겠어?"

"어? 아, 김재형? 맞지? 이렇게도 만나네. 그럼 오늘이 아버지 장례식이야?"

"응, 맞아. 오래도록 아프셨다."

슬기는 재형을 쳐다보았다.

"거의 안 변해서 알아보겠어."

"그럼 아까 그 사람은 혹시 한현명 아냐? 현명이 맞지? 서류 들고 검은 양복 입고 형수님과 말하던 사람. 정말 비슷해 보였는데. 설마 싶어서 아는 척 안 했지."

"맞아. 현명이가 장례지도사 일을 하고, 나는 지원으로 같이 나와 돕기도 해. 다다상조 소속이야. 현명이는 프리랜서로 다른 회사 일도 하고 있구."

"그럼 현명이가 지금 시신도 만지고 그런 일을 하는 거야?"

"염습? 그럼. 얼마나 공들여서 잘 하는데. 나도 가끔 돕는 걸."

재형은 10여 년 전의 현명을 떠올려보았다. 학교에는 보통, 일진과 공부 잘하는 전교 10등 이내 학생과 은둔형 등 여러 가지 타입의 학생들이 있다. 공부 잘한다고 핵인싸도 아니고, 은둔형이라고 아싸도 아니다. 그냥 이러저러하게 성격들과 특징들이 합쳐져서 한 이미지로 그려지는데, 현명이는 그 어디에도 속하지 않았다.

은둔형 같으면서도 학교 행사를 할 때면 맨 앞에서 조용히 행사를 도왔다. 제법 잘생긴 외모로 여학생들에게 인기도 많았다. 아마, 오슬기도 그를 좋아하던 무리 중 하나였나?

하지만 현명은 이성에게 관심 없었다. 할머니와 단둘이 산다는데, 교복은 늘 깔끔하고 공부도 곧잘 했다.

재형은 현명이 장례관련학과에 갔다는 말을 나중에 친구한테 들었다. 현명의 독특한 성격에 어쩌면 잘 어울린다는 생각도 들었다.

"재형아, 우리가 잘 도와줄게. 그럼 나도 회사에 말해서 발인 날까지 현장 도우미로 나올게. 고등학교 동창 아버님인데 잘 모셔야지."

"슬기야, 고맙다. 그런데 회사 사무실 안 지켜도 돼?"

"고인이 여성분이면, 원래 내가 현장 나가서 직접 염을 해드리거든. 여기 온 김에 계약서도 직접 받고 현명이도 보구 가려던 참이야. 참 이거, 음료수 받았다고 사인 좀 해줘. 아까 직원이 올라왔는데 상주님 안 계셔서 두고 가셨어."

"어? 형 부를까?"

재형이 둘째 형을 보니 화환 정리와 현명과 장례에 관한 의논으로 바빠 보였다.

"아니, 이 정도는 네가 해줘. 화환이나 음식 오면 확인해보고 사인도 해주고."

"그래. 여기."

"참, 화환은 나중에 다 왔다 싶으면 꼭 사진으로 찍어놔. 다들 그렇게 하더라."

재형은 목소리를 낮추어 물었다.

"부의금 함은 자물쇠가 채워져 있던데, 네가 열쇠 따로 보관하는 거야?"

"그럴 리가. 상주님이 가지고 계실 걸. 보통은 상주가 맡지. 밤에 그거 다 세보고 리스트 작성하는 분들도 계시고. 솔직히 여기서 자면 잠이 잘 안 오긴 하거든. 그 김에 부의 금 리스트 작성하더라구."

"그렇구나."

재형은 슬기가 가고 나서 부의를 받는 데스크에 줄곧 앉아 있었다.

친척분들이 먼저 오셨다. 다음은 아버지 친구분들이 많이 오셨다. 모두들 안 뵌 지 오래여서 그런지 나이 들어 보이는 게 티가 났다. 어떤 분은 다리를 휘청거리면서 벽을 붙잡고 들어오셨고, 어떤 친구분은 휠체어를 타고 아내분과 오셔서 빈소에서 한참 눈물을 보이셨다. 올드 보이들이 안타까운 얼굴로 아버지와 마지막 인사를 하고 식사도 맛있게 하고 가셨다. 어떤 친구분들은 정치 얘기로 목소리를 크게 내기도 하고 했지만 싸움으로 번지지 않고 해프닝에 그쳤다.

큰고모는 무릎이 아픈데도 무리해서 절을 두 번 하고, 재형과도 맞절을 했다.

재형의 이모들은 엄마를 껴안아 주면서 다독였다.

그렇게 하루가 갔다. 재형은 전이나 육개장, 편육, 마른 반찬만 먹는 게 물려서 저녁엔 음료수만 먹었다. 다행히 음료수는 식혜나 수정과, 콜라, 사이다, 에너지 음료나 주스

등 다양하게 있었다. 음료수만 마셔도 배가 불렀다.

재형은 부의도 받고 친지분들께 인사도 드렸다. 빈소에서 문상객을 맞이하고 맞절하면서 하루가 갔다. 저녁 네다섯 시에는 그렇게 시간이 안 가나 싶었는데, 8시가 되자 시간이 뚝딱 갔다. 재형의 대학교 친구들도 몇 왔다 갔다. 고등학교 동기도 와서 이야기를 나누었다. 현명은 바쁜지 형들과 이야기 나누고 왔다 갔다 했다. 재형과는 잠깐 이야기를 나누었을 뿐이다.

그날 밤, 재형은 집에 가고 싶은 마음뿐이었다. 11시가 넘어 있었다. 문상객들도 드문드문 오고 재형의 손님은 거의 없었다. 직장을 나오니 연락하기도 그렇고 해서 안 했다. 친구들 몇몇뿐이었다. 그에 반해 형들의 문상객들은 제법 많았다. 형수들도 문상객들이 제법 있었다.

현명이 재형이 앉은 부의함 테이블 의자에 앉았다.

"힘들지 않아?"

"야, 한현명. 대단하다. 어떻게 매일 이런 일을 도와?"

"매일은 아니야. 돌아간 분이 계실 때만이지. 가끔은 어른이 아닌 분도 있고. 반려동물을 보낸 적도 있고. 참 내일 입관 시간 전에 미리 들어올래?"

"응?"

"아버님, 같이 보내드리자. 고등학교 친구니까 이런 말도 하는 거야. 모르는 분한테는 못하지."

"내가?"

재형은 입관식을 본 적이 딱 한 번 있었다. 대학교 선배가 사고로 갔을 때 입관식에 참여했다. 평온한 얼굴이었다. 화장을 곱게 한 선배는 삼베 수의를 입고 두 손을 가지런히 모으고 있었다. 두 분의 염습사가 선배를 꽁꽁 싸매 관에 넣었다. 재형은 그 후로 몇 달은 꿈에 선배가 나타나 조금은 무서웠다.

현명은 그윽한 눈으로 재형의 의중을 읽은 듯 말했다.

"무서우면 안 들어와도 돼. 그런데 가족은 다른 분들보다는 안 무섭다."

현명은 일어나서 장례식장 주변을 살피러 나갔다. 작은 형이 재형에게 다가왔다.

"여기 빈소는 우리 둘이 지킬 테니까, 집에 다녀와."

"그래도 돼?"

"넌 손님도 거의 안 오니 더 힘들지. 다녀와."

작은 형의 눈가에 주름이 그렇게 많아진 줄은 지금 알았다. 큰형보다 자상하게 재형을 챙기던 형이다.

"아니 그래도."

"지금은 문상객들도 한밤에 거의 안 오셔. 하지만 올지 모르니까 지켜야지. 우리가 할게. 부의금은 걱정하지 마. 일단 형수님이 가지고 가 집 금고에 넣어둔대."

"아, 알았어. 그럼 내일 새벽에 올게."

"아니, 아침에 와. 문상객들 아침에는 거의 안 오셔. 장인어른 상 때도 보니까 그래. 내신 모레 발인날은 새벽에 와야지. 아버지 모실 준비를 해야 하니까."

재형은 마지막으로 큰형에게 집에 다녀온다는 말을 하고 일어났다. 부고를 접하고 장례식에 와서 12시간 넘게 버티다 보니 집에 가고픈 마음이었다.

오랜만에 본 친척 어른들도 어색했다. 불편한 자리를 잠시 피해 집에 다녀와도 된다니 다행이었다.

밤에는 기온이 떨어져 찬바람이 불고 눈발이 휘날렸다. 앱으로 택시를 부르려 했는데 마침 '빈차'라고 등을 컨 택시가 와서 잡아탔다.

활달하게 생긴 택시기사가 물었다.

"젊은 양반이 이 밤에 왜 병원 앞에서 택시를 잡아요?"

"아, 장례식장에 아버지를 모셨습니다. 상중이어서요."

기사가 깜짝 놀라면서 짐짓 호통을 쳤다.

"아니, 이봐요. 청년! 자식이 의리 없이 삼일장도 못 지켜요! 집에 가서 출퇴근을 한다니 아버님이 얼마나 서운하시겠어."

"네?"

재형은 고개를 흔들면서 변명했다.

"아, 아니오. 위로 형들이 두 명이나 있어서 저는 집에 가서 쉬었다 오라고 허락을 받았습니다."

"아니, 그래도 그렇지! 의리도 없이!"

기사는 웃으면서 호통을 섞다가 눈이 내리는 걸 보고 이어 말했다.

"그나저나 그래도 저렇게 눈꽃이 나리는 걸 보니, 아버님이 복 많이 받으셨네. 삼형제나 기르셨고. 그래도 내일은 의리 지켜 같이 밤새워요. 아무리 출퇴 상주가 대세라지만. 내가 나이 들어 그런가 일생 한 번이니 하룻밤은 아버지와 같이 보내요."

그렇게 말한 기사는 핸드폰에 전화를 걸어 한마디 했다.

"여보, 삼치 꺼내 구워요. 밤참은 그걸로 하리다."

재형은 집에 도착해 샤워를 했다. TV를 좀 보다가, 아령으로 팔 운동을 하다가 그대로 침대에 누웠다.

헛헛했다. 아버지가 가셨다는 게 잘 실감되지 않았다. 한편으로 엄마와 형들도 이제 편하게 쉴 수 있겠다는 안심도 들었다. 알람을 새벽으로 맞춰놓고 잠에 들었다. 일찍 상가에 나가볼 작정이었다.

알람 소리에 잠에서 깬 재형은 푹 자 그런지 머릿속이 쾌청했다. 재형은 검은 옷을 갖춰 입었다. 택시를 잡아타고 서 장례식장으로 향했다.

오전의 빈소는 한적했다. 형들은 아직 샤워 전이었다. 잠시 후, 삼형제 모두 상복을 입고 준비를 했다. 형수들도 아이들과 상복을 입고 빈소로 들어왔다.

입관식은 2시 예정이었다. 오전 11시 무렵에 현명이 재형에게 왔다.

"가자, 아버님 모시러."

간밤에 재형은 택시기사에게 혼나고 나서 이제 밤을 새야 하나 걱정을 했다. 입관 준비에는 안 들어가려고 마음먹었다. 그런데 현명이 와서 손을 내밀자, 그냥 덥석 따라가려 나섰다.

"형, 여기 부의금 데스크 좀 부탁해요."

"알았다."

형들은 현명이 미리 오전 중에 말을 해놔서인지 오히려 가족 중 한 명이 염습에 참여하는 걸 마음 편하게 여겼다.

입관실은 유리를 가운데에 두고 참관실과 염습하는 공간으로 나뉘어 있었다. 유리로 가로막힌 공간에서 중년의 남자 염습사가 아버지를 잘 씻기는 중이었다. 현명은 재형과 함께 방호복과 니트릴 장갑, 마스크를 끼고 안으로 들어갔다.

"과장님, 고인의 막내 아드님이고, 저의 고등학교 친구입니다."

"어서 오십시오. 이제 고인을 잘 습해드린 참입니다."

현명은 재형의 귀에 조심스레 말했다.

"알코올 묻힌 수건으로 다리를 잘 닦아드려. 일차적으로 깨끗하게 해드렸는데, 이제 수의를 입혀드려야 하니 한 번 더 깨끗하게 해드려야지. 조심해 고인이 들을 수 있을 수 있으니 되도록 침묵해야 돼."

"들으신다고?"

"옛날 어르신들 말씀이 그래서 나도 그냥 그렇게 전하는 거야."

재형은 고개를 끄덕였다. 아버지의 엉덩이에는 상처가 있었다. 재형이 아버지를 일으켜 휠체어에 앉히려다가 넘어뜨려 고관절이 골절돼 철심을 박느라 생긴 상처였다. 재형이 군대 다녀와 복학 준비해 집에 있던 시기였다. 그 일 이후로 아버지를 돌보는 일에 웬만하면 도망을 갔다. 학교에서 오래도록 공부했다. 근로 장학생을 해서 집에 늦게 들어왔다.

넘어지셨을 당시에 엄청난 죄책감과 걱정 불안에 휩싸였지만, 아무도 그를 나무라는 사람은 없었다. 아버지마저 재형을 안타까운 눈으로 대학공부가 힘들지 않냐, 물을 정도였다. 그 일 이후로 전문 요양보호사가 오고, 어머니는 간병 일을 많이 배워 나가셨다.

현명은 재형의 손으로 상처 부분을 만지게 했다.

"마음으로 저 위에서 아프지 말라고 빌어드려."

재형은 아버지의 상처를 만지다 얼굴을 보았다. 코가 다 헐어 있었다. 붉게 멍든 코. 콧줄로 식사를 하시느라 고생을 한 흔적이다. 재형은 자신의 손으로 영양식을 콧줄로 드린 적이 없다는 걸 새삼스레 깨달았다. 그만큼 환자인 아버지를 멀리했었다.

재형은 현명이 가르쳐주는 방식으로 허벅지와 종아리를 잘 닦아드렸다. 바깥쪽에서 수시포를 들면 목부터 배까지 현명이 닦아드리고, 다시 수시포를 내려덮고 좌우를 나눠 팔 위부터 손까지 조심스레 닦았다. 재형은 현명이 지시하는 대로 다리와 발목을 닦았다.

습이 마무리된 깨끗한 아버지의 코와 입에 솜을 넣고 나서 이제 염을 할 준비를 했다.

선배 염습사가 수의의 상태를 확인했다.

"나일론은 아니지? 나일론 합성섬유로 수의를 지으면 잘 타지 않고 불순물이 남는다고."

"아닙니다. 저희 할머니가 지으신 제품입니다."

"현명이 할머니 작품이면 내가 믿지. 어르신 걱정하지 마세요. 백 프로 삼베 수의입니다."

염습사는 고인에게 말한 후, 수의를 펼치고 그 위에 재형과 현명의 도움을 받아서 고인을 잘 모셨다.

양쪽에서 순서대로 모로 세워가면서 속바지, 속저고리를 입혀 드렸다. 그 위에 겉바지, 두루마기에 도포도 입혀 드렸다. 한 명이 위쪽에서 옷깃을 붙잡고, 다른 한 명이 옷 길이를 맞추는 방식으로 아주 천천히 조심스레 입혔다. 그리고 자를 이용해서 원삼 띠를 등으로 밀어 넣으면 재형이 잡아 빼는 식으로 띠를 빼내 묶었다. 대님도 발목에 잘 묶었다.

현명은 재형에게 면도기를 내밀었다.

"마지막으로 수염을 정돈해 드려. 그리고 머리카락을 이 칼로 깎아서 이 조발낭(爪髮囊)에 넣어줘."

"조발낭?"

재형은 자그마한 붉은 명주 주머니를 받아들고 되물었다.

"응, 거기에 손톱, 발톱, 머리카락 넣어서 조금 있다 관 이불 안에 넣어드릴 거야. 참, 그리고 망자 몸 위로 칼을 넘기는 건 금기야."

"금기, 그런 것도 있어?"

"나도 할아버지한테 들은 말이야. 돌아간 분이 일어나는 일이 있다는데. 본 적은 없어."

재형은 면도기로 2미리 정도의 하얀 수염을 잘 면도해나갔다.

현명은 머리를 감기고, 얼굴을 씻기고 나서 악수(손장갑)를 손에 끼우고 버선을 신겨드렸다. 머리 뒤에 베개도 놓아드렸다.

재형은 과거 기억을 떠올렸다.

아버지는 늘 말씀이 적은 편이고 화도 거의 내지 않으셨다. 병석에서는 아픈 내색을 눈 한번 찡그리는 것으로 의사 표현을 하셨다. 하지만 그런 조용한 아버지도 한 번 재형을 크게 혼낸 적이 있었다.

대학을 휴학하고 장사를 한다고 했을 때였다. 파킨슨 증세로 감정을 잘 드러내지 않던 아버지가 그날만은 감정을 드러내 재형을 크게 혼냈다.

떨리는 손을 마구 흔들면서 혼내셨다.

"그래도… 대학은 나오고… 직장을 가져야지."

"아니오. 대학 졸업해도 번듯한 곳에 취직도 힘들고, 그냥 친구와 함께 요식사업을 공부해 보려구요."

"재형아. 그래도 대학은 졸업하렴. 휴학보다는 빨리 졸업을 해."

엄마도 만류했다.

"믿어주세요. 형들처럼 사업하다 말아먹지는 않을게요."

왜 그런 말이 입에서 튀어나왔나 모르겠다. 아버지 퇴직

금과 적금을 사업으로 깨먹은 형들이 미웠다. 형들은 쇼핑
몰 사업을 같이 하다 망하고, 지금은 다들 직장에 다니고
있는 중이었다.

"예끼 이눔! 형들을 욕하지 말어라!"

어눌하게 말하던 아버지가 큰 소리를 냈다. 아버지의 대
갈일성이 그의 귀에 꽂혔다. 그렇게 큰소리 내는 걸 본 적
이 없었다. 기억을 더듬는 그를 현명이 일깨웠다.

"재형아, 아버님 머리 빗겨드려."

현명은 손에 메이크업 도구를 들고 화장을 하고 있는 중
이었다. 눈썹을 짙게 그리고, 입술을 붉게 만들어 생기가
돌게 했다. 재형은 아버지의 얼마 남지 않은 머리를 빗겨드
리면서 이렇게나 흰머리가 있으셨구나, 느꼈다. 화장을 마
친 아버지는 살아있을 때보다 훨씬 건강하고 젊게 보였다.

"이제 가족들 모시고 올게. 아버님 잠시 지켜드려. 홀로
계시게 하지 마."

재형은 염습사와 현명이 자리를 비우자 아버지와 단둘이
있었다.

근데 갑자기 눈물이 나왔다. 돌아가셨다는 부고 연락을
받고도, 장례식장에 와서 아버지 영정을 보고도 이상하리
만치 눈물이 안 나왔다. 그런데 입관실에서 아버지를 뵙고
염을 해드리니 눈물이 또르르르, 굴러 나왔다.

"아버지."

잠시 후, 가족들이 들어오는 소리가 들렸다. 재형은 눈물을 손등으로 쓱쓱 훔치고 일어났다.

형들과 형수들 그리고 엄마가 입관실 안으로 들어와 지켜보았다.

현명은 염을 마저 집전했다.

"이제 고인에게 마지막 인사를 해드리겠습니다."

곡소리가 나왔다. 형들이었다. 형수들은 손수건으로 눈물을 닦아내면서 아버님, 하고 읊조렸다. 엄마는 담담하게 바라보았다.

현명의 목소리가 낭랑하게 흘러나왔다.

"고인에게 그간 사랑했다는 말과 잘 올라가시라는 마지막 말씀을 드리십시오."

그날 밤, 재형은 상가를 지키려고 부의금 함 앞에 앉았다. 재형은 자신의 손님이 없어 빈소만 지키곤 했다.

식당 앞에 놓인 신발을 정리하는데 큰형이 다가왔다.

"내일 오전 8시 발인 시각에 맞춰 와. 집에 갔다 와. 우리가 지킬게."

"아니, 나도 여기서 자려구."

"가족실이 작아. 방이 두 개여서 우리가 하나씩 쓰면 모자라는데. 들어갔다가 와."

"그래?"

재형이 망설였다. 현명이 분위기를 살피고 다가왔다.

"재형아, 괜찮아. 아버님도 네가 집에 들어가 샤워하고 건강하게 발인 시간에 오는 걸 좋아하실 거야. 이제 많이 바뀌었어. 고스톱 치고 술 마시는 문상객 많이 없으셔."

현명은 재형에게 고개를 끄덕이면서 덧붙였다.

"출퇴 상주가 부끄러운 건 아니야. 오늘 입관 도운 일로 도 충분히 고마워하실 거야. 내일 발인 전에 일찍 와."

"그래도 아버지가 싫어하시면…."

현명이 입가에 손가락을 가져갔다.

"쉿! 아버님이 아직 현생에 계셔. 빈소서 듣고 계셔. 내 일 발인 후에 출상해야 올라가시는 거야. 발인 1시간 전 에는 와 있어. 출상 전에 조전 올리고, 인사드리고 나가니 까."

"그래, 알았어. 그럼 형, 다녀올게."

재형은 오늘도 택시를 잡아타고 집으로 향했다. 다행히 기사는 어제 그 기사 얼굴이 아니었다.

재형은 집에 도착해 샤워하고 침대에 눕기 전에 거울을 보았다. 눈썹이 짙은 것과 미간이 넓은 것 그리고 턱이 약 간 각진 게 아버지와 비슷했다. 막내인 자신이 가장 아버지를 닮았다는 말을 친척들에게 종종 들었다.

재형은 얼굴을 쓰다듬다가 그대로 누웠다.

알람을 맞추고 잠에 들었다.

그날 밤, 꿈에 아버지가 나왔다.

"예끼 이놈! 형들을 욕하지 말어라!"

아버지의 대갈일성은 정말 거의 처음 듣는 거였다. 재형은 눈에서 눈물이 쏙 나왔다. 엄마가 그의 눈물을 손바닥으로 닦아주면서 오열했다. 몸놀림이 쉽지 않은 아버지는 호통으로 감정을 표현했다.

"그 입 닥쳐라. 부모 말 안 듣고 제멋대로 하면 안 된단 말이다!"

"우리 막내한테 뭐라 하지 말아요! 재형이 아버지!"

엄마는 늘 재형이 아버지라고 불렀다.

재형은 울다 뛰쳐나갔다. 휴학을 미루고, 대학을 졸업했다.

꿈에서 깼다. 아버지와 겪은 일화가 파노라마처럼 순식간에 꿈에서 지나가 버렸다. 재형은 얼른 일어나 다시 샤워하고 옷을 입고 집을 나섰다.

새벽 전철에 올라탔다. 시간 여유가 있어서 첫차를 타고 가는데, 청소 일하러 가는 아주머니, 일용직 인부들, 노인들이 많았다.

재형은 눈을 감고 의자에 묵묵히 앉아 있었다.

오늘이 발인으로 장례일정은 마지막이다.

형들의 친구가 운구를 도와 버스에 아버지를 모셨다. 리무진을 안 부르고 버스 한 대에 아버지 관과 가족들이 모두 올랐다. 가족들은 버스에 올라타 화장장으로 향했다.

화장을 마치면 그 옆의 봉안당에 유골함을 봉안하기로 했다. 버스 안에서 가족들은 모두 눈을 감고 있었다. 하지만 재형은 알았다. 눈만 감고 있었지, 다들 다른 생각을 한다는 것을.

"어구야, 아버지. 우리 살던 집에나 들렀다 가지. 기사 양반."

엄마가 몸을 일으키면서 하는 말에 며느리가 다가가 조용히 말했다.

"어머니, 요즘은 상조회사에 등록된 프로그램으로 진행해서 그렇게들 안 해요. 시간을 맞춰야 하거든요. 그리고 화장장에 늦게 도착하면 순번이 밀릴지 모른대요."

회사에 오래 다녀 똑똑하다고 늘 칭찬하는 며느리의 말이기에 엄마는 조용히 앉아 있었다.

1시간 넘게 걸려 화장장에 도착하니, 이미 여러 대의 리무진과 버스가 와서 대기하고 있었다. 유족들은 정원에 삼삼오오 모여서 이야기를 나누고 있었다.

겨울이지만 날은 따뜻한 편이다. 하늘은 맑고 높았다. 형들이 유골함에 들어갈 명판을 화장장 직원과 의논을 했다.

현명은 로비에 있는 재형에게 다가왔다.

"재형아, 너 신분증 있지."

"어. 왜?"

"지금 화장장에 상주 등록을 해야 하는데."

"형 데리고 올까?"

"아니, 가족 중에 한 명만 신분증을 주면 돼."

"여기."

재형은 신분증을 건넸다.

형들이 명판에 새길 문구와 이름, 생년과 돌아간 날짜 등을 확인하고 나서 화장장 로비에 있던 재형에게 다가왔다.

이때 현명이 와서 안내했다.

"유족분들 이리로 오셔서 고인 가는 길에 마지막 인사를 하십시오."

가족들은 화장장으로 들어가는 아버지 관 앞에서 고개 숙여서 인사했다.

관이 들어가고, 천장에 달린 모니터에 화장하는 순번에 아버지 이름이 올랐다. 그리고 그 옆에 '상주 김재형'이라고 적혔다.

재형은 순간 아, 하는 놀라움에 겨운 소리를 내뱉었다. 형들은 그냥 그런가 하고 넘겼다. 핸드폰으로 문상객들에게 감사 인사를 톡으로 돌리고 있었다. 형수들도 엄마도 모두 TV를 보거나 아이를 챙기거나 했다.

오로지 재형만 자신이 상주 이름에, 그것도 화장장에서 아버지 장례 상주로 올라갔다는 사실에 놀라울 뿐이었다.

난 막내인데, 하는 생각도 잠시.

자신도 아버지의 아들임에 그리고 이제 나를 낳아준 뿌리 하나가 완전히 사라졌다는 생각이 들었다.

만감이 교차한 순간이었다.

20분 후, 아버지를 유골함에 모셨다는 말을 직원에게 듣고, 재형은 유골함을, 형들은 사진과 위패를 들고 봉안당으로 향하는 버스에 올랐다.

아버지가 담긴 유골함이 무척 따뜻했다. 돌아간 아버지는 이렇게 온기를 주는데, 나는 아버지한테 한 번이라도 사랑한다는 말을 해보았을까.

입관식에서도 사랑한다는 말이 선뜻 나오지 않았다. 재형은 유골함을 정성스레 들고 버스에서 내려 봉안당으로 들어갔다.

괴담에서 들은 바로는 봉안당은 서늘하다는데, 그렇지 않았다. 하늘 유리창에서 내려오는 햇빛이 온실효과를 내어 무척 따뜻했다.

2층에 모실 곳이 있다고 해서 가족들은 두 대의 엘리베이터에 나누어 올라탔다. 엄마만 눈물을 보이고, 아무도 울지 않았다. 다만 말이 없을 뿐이다.

"이곳에 모시고, 이제 마지막 말씀 드리십시오."

현명의 말에 엄마부터 큰형, 작은 형, 형수님들까지 일일이 사다리에 올라 저 높은 곳에 안치된 아버지에게 말을 전했다.

"아구야, 여보. 당신이 이렇게 가다니. 흐흑…. 잘 살아요. 내 올라가서 만날게요."

"아버지, 하늘에서 우리 잘 살펴봐 주세요."

"아버님, 잘 올라가세요."

재형은 아무 말 없이 다시 한 번 따뜻한 유골함을 만지고 내려왔다.

"참, 따뜻하지."

큰형이 눈물이 맺힌 재형을 다독였다.

명판은 나중에 붙여서 사진으로 확인해 준다는 직원의 말에 모두 안도감을 얼굴에 담았다.

마음이 편했다. 재형은 친척 장례식에 그간 참석해 본바, 봉안당 올 때와 봉안하고 돌아갈 때의 마음이 사뭇 다르다는 걸 알았다. 갈 때는 잘 모셨다는 마음에 모두의 얼굴에 미소가 올랐다.

친지들과 가족들이 밖으로 나와 일렬로 섰다. 현명이 제안을 했다.

"좋은 날에는 친구가 함께 하기도 하지만, 이렇게 돌아간 분을 모시는 날에는 친지분들이 함께 하십니다. 이렇게 모이실 기회가 적습니다. 어서 일렬로 서세요. 사진을 찍어 드릴게요."

현명은 재형의 폰을 받아서 단체 사진을 찍었다.

"어르신을 편하게 모셨으니, 이제 조금은 미소를 보여주세요. 햇살로 찡그린 얼굴은 안 예뻐요. 자, 해가 구름에 슬쩍 가렸으니, 김치, 찍습니다."

사람들의 얼굴에 미소가 걸리고 현명은 사진을 찍었다.

재형은 거기서 현명과 인사를 하고 버스에 올랐다. 현명은 시내로 가는 버스를 탄다고 했다. 재형은 팁이라도 줘야 하는가 싶었지만, 나중에 술 한잔 사는 것으로 해야겠다는 마음이 들었다.

돌아오는 버스에서는 누구라 할 것 없이 다들 잠에 빠져들었다. 형들은 안전벨트에 묶여 몸이 앞뒤로 왔다 갔다 했다. 큰형수는 코를 골았고, 조카들은 누워서 잤다. 누가 업어 가도 모를 지경이었다.

엄마는 밖을 바라보면서 울적하다가, 미소 짓다가를 번

갈아 했다.

창밖으로 눈발이 조금씩 날렸다. 눈꽃이 송이송이 날리는 걸 보면서 재형도 눈을 감았다. 꿀 같은 단잠에 빠져들었다.

이제 상가 출근을 안 해도 되겠구나.

그렇게 출퇴 상주의 3일이 지나갔다.

다음날, 재형은 어깨가 묵직했다. 헬스클럽에 운동하러 갈까 했지만, 안 될 것 같았다. 템포 빠른 음악은 듣는 게 좀 그런가 싶어서 추나요법으로 어깨 통증을 치료하던 한의원에 갔다.

여성 한의사가 반갑게 맞이했다.

"재형 씨, 엊그제 예약했는데, 왜 안 왔어요? 피트니스 대회 준비가 바빠요?"

재형은 상중이었다는 말을 하기가 뭐해 일 납기가 당겨져서 바빴다고 둘러댔다.

"먼저 약침을 놔드릴게요."

한의사는 뒤가 터져서 뗐다 붙였다 하는 벨크로 옷을 재형에게 입게 했다. 그러고는 목과 어깨에 침을 놓고 그 다음엔 등에 부항을 떴다. 적외선 스탠드로 온기를 준 다음에 진료실로 이동해 추나 침대에 엎드리게 했다. 한의사가 재형의 등과 목을 두드리고 주물렀다.

쾅! 쾅! 쾅! 쾅! 추나 침대의 시끄러운 소리는 여전했다. 재형은 손잡이를 붙잡고 충격을 견뎠다.

오늘따라 등허리가 무지근하니 무겁고 고통이 느껴졌다. 평소 시원하게 받던 치료인데 말이다. 쾅쾅하는 소리가 꼭 자신을 혼내는 것 같았다. 몸이 추나 침대와 함께 움직이면서 재형은 콧물을 들이마셨다.

재형은 눈이 시큰거렸다. 곧 눈물이 흘러내렸다. 훌쩍거렸다.

놀란 한의사가 치료를 중단했다.

"뭐예요? 재형 씨, 아파요? 왜 울고 있어요?"

"아, 아니오. 그, 그냥 해주세요, 눈이 건조해서요."

재형은 얼굴을 추나 침대 머리 부분 갈라진 데 파묻고 그대로 눈물을 삼켰다.

일주일이 흘렀다. 엄마가 전화해서 아버지 짐을 정리할 건데 잠깐 와달라고 했다.

재형은 약속한 날에 본가에 갔다. 이미 옷과 유품을 많이 정리해 버릴 거는 버리고 했다. 다만 치우는 김에 재형의 짐이나 옷도 정리해달라고 부른 거였다.

재형은 집에 가져갈 짐을 챙기고, 마지막으로 엄마가 정리하려고 빼둔 앨범과 사진을 훑어봤다. 앨범이 꽉 차서 정리하지 못한 사진들이 한 주먹 잡혔다.

아버지가 병상에서 엄마와 웃고 계신 사진은 요양보호사가 찍어준 거라고 했다. 그리고 휠체어를 타고 공원을 산책하는 사진도 있었다. 병으로 몸을 움직일 수 없었지만, 정신은 가기 전전날도 있으셨다고 들었다.

재형은 사진 하나를 들고 물어보았다.

"엄마, 이 사진은 뭐야?"

휠체어에 탄 아버지와 엄마, 그리고 요양보호사가 꽃을 배경으로 활짝 웃고 있었다.

"왜 기억 안 나? 얘는."

엄마는 재형을 툭, 쳤다.

"장애인복지관에서 버스 대여해서 일산으로 꽃구경하고 명동성당 가는 날. 너 오라고 했잖아. 같이 가자고."

"아, 아…. 나 회사 빼기 힘들다고 했었지."

재형은 과거를 되돌아봤다. 그때 회사 퇴직 직후라 못 썼던 연차로 받아 쉬던 시기였다. 투룸을 얻어 독립한 직후다. 하지만 재형은 운동을 시작해보려고 거짓말을 하고 가지 않았다.

"아버지가 얼마나 너 보고 싶어 했는데. 집에 잘 오지도 않고."

"아니 근데, 이렇게 일곱 대의 휠체어에 탄 환자분들이 어떻게 다닐 수 있었던 거야?"

"그때 장관이었어. 일산 호수공원 꽃구경할 때도 사람들이 모두 비켜주시고, 우리가 각각 환자분들을 휠체어로 모시고 구경 다녔지. 명동성당 박물관도 들어가고 그랬지. 생각해봐. 일곱 대의 휠체어가 명동 거리를 활보하고 다니는걸. 아버지도 그렇고 환자분들이 얼마나 다들 좋아했는데. 구경하던 분들도 박수 치고 그랬어."

아버지는 수줍은 듯 고개를 숙이고 웃고 있었다. 단체 사진에서는 여러 환자들과 요양보호사 그리고 가족들이 환하게 웃고 있었다.

"왜 이렇게 고개 숙이고 웃는 줄 알겠니?"

"왜? 내가 안 와서?"

"얘는. 부모는 자식에게 서운 안 해. 그게 아니라, 그냥 무척 좋은데 이렇게 좋아해도 되는 건가 싶었겠지. 그날 계속 사람들에게 민폐 끼쳐 고민이다 그러셨거든."

아버지는 늘 과묵하고 조용한 분이셨다. 재형이 고등학교 3학년 때였던가, 담임 선생님과 진학 상담을 해야 하는데, 외가 친지 분의 문상이 있어 엄마가 못 오시고 아버지가 오셨다. 컴퓨터 관련 학과 진학의 상담을 마치고, 아버지와 함께 버스를 타고 집으로 돌아오던 길이었다.

아버지는 말씀이 없으셨다. 집 정류장에 다 와서 벨을 누르려던 때였다. 아버지가 재형이 잡은 손잡이 기둥 위로 손을 대고 말했다.

"삼대의 손이 보이네."

어떤 할아버지가 기둥을 잡은 손을 보고 그렇게 말씀하셨다. 정말로 검버섯 가득한 할아버지의 손, 아버지의 빗줄이 가득한 손, 그리고 재형의 하얗고 말간 손이 나란히 기둥을 붙들고 있었다.

재형은 어른이 된 자신의 손을 내려다보았다. 핏줄이 가득한 손이 되어 있었다.

"참, 이 사진 가져가라. 너 돌 지나서인가 아버지랑 찍은 사진."

재형은 엄마가 건네는 사진을 물끄러미 보았다. 아주 오래전 살았던 느티나무가 있던 단독주택이었다. 그 집을 서울 올 때 팔고 아파트로 이사했다.

"네가 걷는다고 어찌나 좋아하시던지, 사진으로 남겼지."

재형은 걱정이 어린 얼굴이고, 아버지는 활짝 웃는 얼굴이었다.

"넌 겁이 많고 조용한 성격이라 아버지랑 비슷해. 형들은 활달해서 시아주버니 닮은 것도 같고. 아님, 나를 닮았나?"

"엄마, 이제 슬슬 다시 문화센터 가서 노래도 배우고 해. 그간 많이 힘들었지."

"이제 철들었네. 우리 아들."

"어? 이건 뭐야?"

재형은 자신의 이름과 주소로 된 편지를 열어보았다.

"아 그거? 너한테 소득공제 명세서 타오라고 시키려 했는데 마침, 네 형이 시간이 나서 대신 다녀왔어. 나는 아버지 간병으로 다녀오기 힘드니까. 그래서 느이 아버지가 편지는 써놓았는데 안 부쳤지."

재형은 떨리는 손으로 반듯하게 접힌 편지를 열어보았다. 삐뚤빼뚤한 글씨로 쓴 글자가 보였다.

김재형에게

서울대학교 진찰카드를 우편으로 송부하오니 의료비 소득공제 명세서를 떼 집에 오기 바란다.

집안은 평안하고 무탈하다. 직장에서 나와 프리랜서 일은 안 힘든지. 가능한 집에 들를 수 있음 들려라.

아빠로부터

재형은 눈물이 핑 돌았다.

"네가 안 오니, 보고 싶었겠지. 하지만 이 편지 안 부친

걸 다행으로 여겼을 거다. 미안하니까. 오란 말 자체도."

엄마는 그 말을 하고 푹 울었다. 재형은 고개를 돌려서 눈물을 꺽꺽 삼켰다.

삐뚤빼뚤 글씨를 쓰기 위해 얼마나 손에 힘을 주었을지 안 봐도 알 것 같았다.

엄마가 담담히 말했다.

"너 얼마나 좋아했는지. 그 왜 너한테 위치추적 앱 깐 적 있잖아. 독립 전에."

"아 알아."

"그래, 그거. 아버지가 내 폰 달래서 맨날 너 위치 틈틈이 확인했어. 집에 있는지 어디 나갔는지. 너가 운전면허 재작년에 땄잖아. 그때 네가 막 운전해서 시외 주행연습 다니는 걸 앱으로 보고, 얼마나 대견해 하셨는데. 자신이 가르쳐 줬어야 했는데 몸이 이래서 못 가르쳐 줘서 미안했는데 다행이라고."

재형은 2년 전에 뒤늦게 면허를 땄다. 시외에 있는 운전면허 학원을 다녀 주행연습을 국도로 다녔던 걸 기억했다. 그걸 누군가 위치추적 앱으로, 자기가 운전하는 걸 지켜볼 줄은 꿈에도 몰랐다. 아버지가 그걸 보시고 좋아했다니.

"재형아, 자식이 누가 이쁘고 밉고 그런 게 없고 다 똑같은데, 유독 아버지가 그래도 너는 눈에 밟혔나봐. 맨날 위치 파악해서 전화해 보라고 하지, 문자 넣으라 하지. 걱정이셨다."

엄마의 눈에 눈물이 어렸다. 재형은 피하지 않고 시선을 맞추었다.

"엄마…, 걱정 마, 잘 살게."

"그래, 그 피트니스인가도 열심히 하니 이렇게 건장하게 멋지게 변했네. 항상 감기 골골 달고 살더니 이제는 그렇지도 않고…. 열심히 해. 이제 엄마도 열심히 놀러 다닐게. 동네 아줌마들하고 꽃구경도 다니고."

재형은 고개를 끄덕였다.

2주 후, 재형은 형들과 한 차에 타고서 예전에 살던 경기도로 향했다. 아버지가 단위 농협에 조합회원으로 출자한 돈을 돌려받기 위해서였다.

엄마는 대리인 증명서에 사인해서 인감과 함께 건넸다. 형들과 재형이 신분증 확인 후 사인을 하고 돈을 수령하면 되는 일이었다.

작은형이 운전하고, 큰형이 조수석, 재형은 뒷좌석에 탔다. 중학교를 보낸 동네는 과거에 낡은 단층집들이 드문드문 있는 곳이다. 논과 밭이 있었는데, 지금은 아파트촌이 되었다.

"야, 저기 봐봐. 아파트 뒤편에 공터가 있을 텐데. 우리가 겨울에 썰매 타던 공터 생각나?"

작은형 말에 큰형이 껄껄 웃었다.

"기억나지? 재형이 자꾸 넘어지고 미끄러져서 내가 업고 태워줬잖아."

"세상에…, 빌딩이 섰네."

재형은 형들의 말에 하얀 벽돌의 8층 신축 빌딩을 한참 보았다. 예전 공터 옆에 건물에 작은 빵집이 있었다. 재형이 중학교 때, 좋아하는 여학생을 그 빵집으로 와달라고 편지를 쓴 적이 있었다. 여학생은 오지 않았다. 재형은 빵집 밖에서 자그만 곰인형을 들고 기다리다 바람을 맞았다. 알고 보니, 그 여학생은 편지가 든 사물함을 열어보지도 않았다. 그리고 여름방학을 맞아 편지는 누가 치웠는지 영영 사라져 버렸다.

재형이 친구 하나가 뒤늦게 동창들 모임에서 슬쩍 물어보아 그 사실을 알게 된 것이다. 작은형이 또 외쳤다.

"대박, 우리가 10년 넘게 살던 집이 지금은 원룸 건물이 되었네."

재형은 차창을 내다보았다. 지형을 보아 어릴 적 살던 곳이 맞았다. 이층집에서 세를 받아서 살던 부모님은 도시 아파트로 이사 갔다. 그 이층집은 지금은 6층의 원룸 건물이 되어 있었다.

작은형이 말을 이었다.

"아버지가 나중에 아주 안 좋으실 때는 가끔 섬망이 오고, 치매 증상을 보이셨잖아?"

재형은 처음 듣는 이야기였다.

큰형이 말했다.

"막내는 모를 거야. 모두 비밀로 했어. 아버지 자존심에 치매 증상이 웬 말이야. 잠깐 그러셨지만 우리 모두 놀랐지. 가족이나 친구들, 예전 직장 동료들에게 계속 전화를 해대서 모두 깜짝 놀라고 그랬어. 횡설수설하셨지. 어릴 적, 우리 형제들 데리고 자연농원 갔던 이야기를 뜬금없이 하는데, 별수 있어? 노인들의 핸드폰은 국가에서 걷는다고 거짓말하고 뺏어서 감춰 뒀지."

재형은 모르고 있던 아버지의 일화나 병 증세를 형들이 이야기하자 뭉클했다.

그들은 농협에 도착해, 창구에서 서류를 제출하고 출자금을 돌려받았다. 직원은 서류에 출자금을 해지하고 수령한다는 사인과 상속자 중 큰형에게 입금한다는 서류에 사인을 요청했다. 엄마는 대리인 서류로 대신하였다.

"이런 것도 아버지 자식이니까, 우리가 도장 찍고 사인도 하는 것이다. 정성껏 하고 이 돈은 상속세나 각종 비용 낼

때 쓰자꾸나."

재형은 큰형의 말에 조용히 고개를 끄덕였다. 집으로 돌아오는 길에 눈이 내렸다. 이렇게 삼형제가 한 차를 타고 다닌 것도 정말 오랜만의 일이었다. 아주 오래전, 지금의 에버랜드가 자연농원이었을 때 놀러간 일은 기억이 나지 않았다. 재형이 아주 어릴 적 일이었다. 하지만 다리가 아파 아버지가 종종 어디서든 재형을 업어주었던 기억은 난다.

작은형은 그걸 불만스럽게 여겼다. 자신도 엄마가 업어주라고 떼를 썼다. 결국에는 큰형이 작은형을 업었다.

아버지는 막내인 재형을 업어주는 일이 많았던 거였다.

아버지의 존재를 크게 느끼지 않고 살았다. 이제 가시고 보니, 나의 영원한 지지자 한 분이 사라졌다는 생각이 들었다.

"오늘, 밥은 내가 쏠게. 큰형이 각종 서류를 법무사에게 맡기기로 했으니, 운전도 내가 밥도 내가 산다."

작은형은 그렇게 말하면서 차를 운전해 버섯전골집으로 향했다.

오래전 아버지가 삼형제에게 종종 사줬던 전골집은 아직도 그대로 영업을 하고 있었다. 아파트 사이사이 낮은 상가 건물 가게로 들어가 늘 먹던 모듬버섯탕을 시켰다.

숟가락으로 국물을 떠먹었다. 예전의 매운맛이 아니다.

지금은 그냥 맛있는, 먹기 좋은 맛이었다. 세월이 흘러 매운맛도 받아들일 나이가 되었다.

"후우, 오랜만에 이렇게 외식이네. 형, 동생 모두 고마워. 자, 다들 이거 먹고, 상속 정리나 힘내서 하자고, 잘 먹어요들."

작은형 말에 재형은 밥을 말아서 맛있게 먹었다. 이마에 땀이 송송 배어나왔다. 먹는 게 사는 거라고, 화분도 물 주어야 산다고 열심히 먹으라던, 식사 전에 종종 말씀하시던 아버지 음성이 귓가에 울렸다. 재형은 쿡, 올라오는 슬픔을 애써 누르면서 밥 먹는 것에만 열중했다.

이듬해 봄,

금기 상주 — 탈상

현명은 병원들이 층층마다 있는 메디컬 센터를 찾았다.
8층 상가 건물에 층마다 이비인후과, 피부과, 성형외과,
한의원, 내과, 정형외과 등이 입주해 있었다.

3층 피부과에 들어서자, 안내하는 직원이 나와 정중하게
맞이했다.

"원장님 손님이시죠? 진료 빼고 기다리고 계세요."

현명은 천천히 원장실로 들어갔다.

사현정이 반갑게 맞이했다.

"한현명 선생님, 어서 오세요."

사현정은 반려견 장례식을 치르면서 현명이 맺은 인연이
었다. 몇 개월 지나서 사현정은 고마웠다면서 자신이 운영
하는 피부과에 한번 와달라고 했다. 피부과 패키지로 피부

관리를 해주겠다고 했다.

"한 선생님, 여기서는 나이가 육십이 된 여사님도 ○○님이라고 불러드리거든요. 이름으로 불러드려요. 간혹 여사님이나 사모님이라는 호칭을 싫어하시는 분이 계셔서요. 현명 님으로 불러드려도 되죠?"

"네. 괜찮습니다."

"원체 피부도 깨끗하고 건강하네요. 영양 주사나 피부에 레이저 토닝해요. 내가 서비스로 해드릴게요. 우리 쪼꼬미 봉안당에 잘 안치해, 얼마나 맘이 편안한지 몰라요. 후후. 이럴 줄 알았으면 보석으로 만들어 여기 병원 사무실에 둘걸 그랬어요."

"지금도 늦지는 않았죠."

"아니, 맘이 아플 거 같아요. 대신 여기 사진을 가져다 두었어요."

쪼꼬미 사진이 책상 위 화분 옆에 놓여 있었다.

현명은 마크뷰 자외선 카메라로 얼굴 사진을 찍어 피부 진단을 받고 화이트닝 레이저 를 진행하기로 했다. 병원 로비에는 적지 않은 젊은 남성들이 있었다. 한 50대 정도로 보이는 여자는 화려한 스카프를 맵시 있게 두른 차림새에 선글라스를 끼고 있었다.

"주연 님, 진료실로 들어가 주세요."

여성은 원장실로 들어갔다.

현명은 레이저 시술을 받고 나서 얼굴에 팩을 올리고 마사지실에 누워 있었다. 직원이 다가와 귀에 작게 말했다.

"저기, 현명 님. 원장님이 드릴 말씀이 있답니다."

현명은 마사지 팩을 떼어내고 원장실로 갔다. 원장실 안에는 아까 그 화려한 차림새의 여성이 사현정과 기다리고 있었다.

"저 이 분이 장례지도사 한현명 선생님입니다."

여성이 조용히 일어나 인사했다.

"이주연 님은 우리 병원의 단골이신데 마침 상담하다 우연히 현명 님 이야기가 나왔어요. 소개를 시켜달라고 해서요."

현명이 뭔가 싶은 표정을 짓자, 사현정은 잠시 원장실 옆의 대기실에서 현명과 조용히 이야기를 나누었다.

"주연 님은 우리 병원 VIP이시기도 하고, 이 메디컬 센터에서 가장 병원에 많이 다니시는 분들 중 한 분이세요. 한의원 추나요법, 정형외과 도수치료, 피부과 각종 시술에 성형외과도 종종 가시죠. 이 건물에서 거의 사시는 분인데, 저한테 처음으로 부탁을 하네요. 개인적인 부탁을요. 장례지도를 돕고 싶다나요."

사현정은 대기실로 주연을 불렀다. 현명과 조용히 이야

기를 나누라고 하고는 레이저 시술을 하러 일어났다.

주연은 진솔한 표정으로 정중하게 인사를 했다.

"저는 이주연이라고 합니다. 이 근처 동네에 살아요. 아들은 직장을 다녀 지방에 있고, 남편은 먼저 하늘로 갔습니다. 저기…, 실례가 안 된다면 무연고자분 장례를 치를 때 염습을 해보고 싶습니다."

현명은 고개를 저었다.

"죄송하지만, 이 일은 직업적으로 훈련받은 사람들이 하는 일입니다. 아무나 할 수도 없습니다."

"듣기로는 자원봉사자로 돕는 사람들이 있다고 하던데요."

현명은 지그시 바라보다 침착하게 말했다.

"그런 분들도 계시지만, 제가 아는 어떤 분은 일을 돕다가 충격을 받아서 요양하고 계시는 분도 있어요."

현명은 한 중년 남성이 자원봉사를 한다 해서 일을 가르쳐 줬다. 그리고 그와 함께 무연고자 장례 염습을 했다. 어느 날부터인가 안 나와 연락을 했더니, 꿈자리가 뒤숭숭하고 그래서 안 나온다는 이야기를 전해 들었다.

그 후로는 정식으로 일을 배운 사람이 아니면 여간해서는 같이 염습이나 장례지도 일을 진행하지 않았다.

주연은 간절한 눈빛으로 현명을 보았다.

"잠시라도 좋습니다. 저는 지금 병원 쇼핑으로 하루를 보내고 있어요. 적적해서도, 시간이 남아돌아서도, 돈이 남아돌아서도 아닙니다. 아파서요. 정말 어깨가 뻐근하고, 피부는 발진이 나고, 홍조증에 각종 정신적 스트레스도 있습니다. 조금이라도 도움이 되는 일을 하고 싶습니다."

"그럼 다른 분야의 자원봉사 일을 찾아보세요."

주연은 단호한 표정을 지었다.

"아니오. 잠시라도 이 일을 돕고 싶습니다."

주연은 잠시 뜸을 들이더니 진지하게 말했다.

"전 사실 하루를 각종 병원에 다니는 것도 모자라, 제가 속으로 만들어 놓은 저만의 규칙을 깨면 그 하루를 몹시 힘들어해요, 예를 들면, 낯선 사람과는 절대로 말을 하지 않는다는 것과 같은 겁니다. 그래서 식당이나 옷가게, 헬스클럽도 같은 데만 가죠. 병원도 몇 년째 다니는 데만 다니구요. 오늘은 그 금기를 깬 겁니다. 금기를 깼다는 생각이 들면 말할 수 없이 불안해요. 처음으로 낯선 분과 말을 나누었어요."

그렇게 말하고 주연은 두 손을 맞잡고 시선을 아래로 내렸다. 힘이 없어 보였다.

현명은 조금은 호기심 어린 눈으로 주연을 살폈다.

주연이 차분히 말했다.

"그렇지만 또 그만큼 도와드리고 싶습니다. 이유는 나중에 말씀드리겠습니다."

현명은 뭔가 생각하는 듯한 얼굴로 슬며시 고개를 끄덕였다.

"그럼 일단 제 명함을 받으십시오. 제가 일이 생기면 그때 연락을 드리겠습니다."

주연은 밝은 얼굴이 되어 미소를 지었다.

"연락주시면 언제든 병원 진료 모두 취소하고 뵈러 갈게요."

며칠 후, 현명은 병원 장례식장에서 주연을 만났다. 주연은 화려한 옷 대신에 검은색 니트에 스커트를 단정하게 입었다. 단화를 신어 검소해 보였다.

"이 옷은 정말 오랜만에 입는 옷인데, 입어야 할 것 같아서요."

"잘 하셨습니다. 따라오십시오."

현명은 병원 지하의 장례식장으로 주연과 엘리베이터를 타고 내려갔다. 각종 상조 물품이 전시된 공간을 지나서 어둡고 음습한 복도를 지났다. 영안실이 나왔다. 수십 개의 시신 안치 냉동고가 보였다. 냉동고마다 번호와 이름이 있고, 맨 끝에는 감염병자 안치라고 적혀 있었다.

"오늘은 무연고로 장례 치르는 분이 오신다는 연락을 받았어요. 같이 수시를 도와주시면 됩니다. 염습은 정말 전문 인력이 하는 일이라, 좀 어려우실 겁니다. 일단, 오늘 일을 해보시고, 안 되겠다 싶으면 그만두시면 됩니다."

현명은 흰 가운과 니트릴 장갑을 끼고 보호 안경을 썼다. 주연에게 방호복을 옷 위에 입고, 신발에도 부직포 덧신을 끼우라고 했다.

무연고 시신이 왔다는 연락을 받은 현명은 반대편 문을 열어주었다.

사설 구급차가 서 있었다. 담요에 싼 시신을 구급차 운전사가 현명과 함께 카트에 옮겨 태웠다. 수시를 진행하기 위한 스테인리스 처치대로 시신을 옮겨야 했다.

외소해 보이는 남자 노인이 누워 있었다. 작은 키에 굽은 등, 합장하듯 모은 손의 손톱은 까맸다. 인고의 세월을 건너온 맨발엔 피부병의 흔적이 만연했다.

"좀 도와주시죠. 그 끝부분을 드시면 됩니다."

주연은 현명의 도움 요청에 시신의 종아리 쪽을 들어서 힘을 모아 처치대 위쪽으로 옮겼다.

"이제 수시를 진행하겠습니다. 먼저 흡입 호스를 기도 안에 넣어 이물질을 제거할 겁니다. 처음이라 불편하시면 돌아서십시오."

주연은 고개를 젓고 그대로 보았다.

"괜찮습니다."

"그럼 진행합니다."

현명은 능숙하게 호스를 시신의 입안으로 깊게 넣어서 이물질을 빼냈다. 피와 가래 같은 이물질이 호스를 타고 나왔다. 그러고 나서 솜으로 입과 코 등을 잘 막아두었다.

"다시 노폐물이 흘러나와 더럽히는 걸 방지하기 위함입니다. 솜을 둥글게 뭉쳐서 건네주세요."

현명은 주연이 뭉친 솜을 받아서 다시 집어넣었다.

그런 후에 현명은 시신을 반듯하게 눕혀서 창호지로 어깨를 당겨 동이고, 두 팔과 손을 곧게 폈다. 손과 다리가 곧게 펴지지 않자, 현명이 말했다.

"경직이 덜 풀렸으니 팔과 다리에 힘을 주어 주물러 주세요."

주연은 현명이 시키는 대로 했다. 절대로 안 풀릴 것 같던 다리가 점차 풀리면서 어느 정도 곧게 되었다. 현명은 두 팔과 다리를 곧게 펴서 무릎을 맞댔다. 발을 바로 서게 한 후에 삼베 끈으로 묶었다. 그런 다음 홑이불을 머리까지 덮어서 영안실 냉동고에 조심스레 넣었다.

시신의 이름 김○○, 그리고 나이 78세. ○○요양병원 등 인적사항을 적었다.

수시를 마친 후, 현명은 장례식장 1층에서 잠시 커피를 마셨다.

"왜, 병원서 오신 분인데 무연고로 장례를 치르는 거죠?"

주연이 침묵하고 있다가 물어보았다.

"요즘은 병원에도 연락이 끊긴 보호자가 많아요. 돌아가신 후에 연락을 드려도 바로 되지 않아 일단 장례를 치를 수밖에 없는 상황이 되는 거죠. 하지만 오늘 오신 분은 보호자들이 연락은 됐지만 장례 치를 형편도 안 되고, 집안 사정으로 돌아간 분을 받지 않아서 저희가 보호자 사인을 받고 무연고로 장례를 치러 드리는 겁니다."

"그런 사정이 있군요."

주연의 얼굴에 그늘이 드리워졌다.

"이 일을 왜 돕겠다고 하시는지, 이유를 듣고 싶습니다."

주연은 고개를 저었다.

"지금은 말씀드리고 싶지 않아요."

현명은 입매를 반듯하게 하고 약간 단호한 표정을 지었다.

"간혹, 이 일을 돕겠다고 오신 분들 중에 개인의 영달을 위해 시신 염습을 도우면서 자식 잘되게 해주라, 내 병 가지고 가달라 기도하는 분도 봤습니다. 정말 안 좋은 마음입니다. 자기의 안위와 부와 명예를 빌기 위해 염습 봉사를 하는 건요."

"그건 아니에요. 걱정 마세요."

현명은 주연과 잠시 나란히 앉아서 이런저런 이야기를 했다.

주연은 현명이 어쩌다 이 일을 하게 됐는지 물어보았다. 현명은 대학교 전공을 말하고 직업을 가지게 된 과정을 차분히 말했다.

"그렇게 장례지도 일을 공부하면서 한국의 전통 장례풍습과 세계의 장례풍습을 비교한 논문을 썼습니다."

"그러면 그거 알겠네요? 30년 전만 해도 돌아가면 화장 대신 매장을 많이 했어요."

현명은 주연의 말에 고개를 끄덕였다.

"알고 있습니다. 저희도 할아버지 대부터 장의업을 했거든요."

"이제는 들어갈 자리가 없으니 일부를 제외하고는 화장을 선택하는 거죠. 그러니 무연고자 분도 화장한다고 서운하지는 않을 거란 거죠."

"맞는 말입니다. 사람은 철이 들면 자신의 최후에 들어갈 자리를 생각하는데, 화장하면 뜨겁지 않을까, 걱정도 해보죠. 하지만 무덤에 들어가 벌레가 들어온다고 생각하면 화장이 더 나은 게 아닐까 하는 생각도 듭니다. 다 쓸데없는 걱정이긴 합니다만. 가면 일단 의식이 없습니다. 그러니

고통도 없죠."

"정, 정말… 고통이 없을까요?"

주연은 눈물을 흘리면서 이야기를 이어나갔다. 마음이 툭 터져 말을 이었다.

"남편과 결혼했을 때 눈치를 챘어야 했어요. 사회적으로 고립돼 살아가는 사람이었던 거예요. 선보고 데이트를 몇 번 하지 않아서 잘 몰랐어요. 그냥 무척 조용한 사람인 줄로만 알았죠. 남편은 아버님 회사에서 사무를 봤어요. 아들을 낳고 돌이 지난 지 얼마 안 되었는데, 침실에서 저에게 무릎을 꿇고 살려달라고 하더군요."

현명은 묵묵히 들었다.

"자신은 사람들과 어울려 살아가는 스트레스를 이길 수 없는 심리상태를 가지고 있대요. 시부모님이 하도 대를 이으라고 성화여서 저와 결혼한 거라고 했어요. 아들을 낳았으니, 이제 자신이 할 일은 다 한 거라고… 조용히 숨어서 살고 싶다고 했어요. 생활비는 어떻게든 부칠 것이고 집과 재산을 모두 주겠다고도 했죠. 부모님께는 자신이 말하고 사라진다고 했어요."

주연은 망연히 허공을 보았다. 숨을 크게 모아 내쉬고는 다시 말을 이어갔다.

"어이가 없었죠. 하지만 표정을 보니 사실이더군요. 생활비 몇 년 치가 입금된 통장과 도장을 주고는, 제 명의로 한 집 등기서류도 보여주었어요. 인감을 가져간 일이 있었는데 이러려고 그랬던 거죠. 그리고 또 다른 상가 서류도 건넸어요. 그러면서 아들을 잘 키워달라 하고는, 그날 같이 잠에 들었습니다."

주연은 그날을 더듬어보았다. 정말 이상한 밤이었다. 밤새 뒤척이다 겨우 잠이 들었다가 새벽에 일어났다. 남편은 곁에 없었다. 남편의 옷가지도 함께 사라졌다. 신혼여행 때 쓰고 베란다 창고에 넣어둔 캐리어를 찾아보니 보이지 않았다.

남편의 핸드폰은 이미 해지돼 있었다. 남편의 종적을 찾을 수 없었다. 시부모님과 상의해 실종신고를 냈지만 찾을 수는 없었다. 시부모님은 오히려 이럴 줄 알았다는 반응이었다.

아들이 성인이 되고 나서 몇 번 연락도 없이 사라진 적이 있었다는 것이다. 한번은 절에 있다 오고, 한번은 외국에 있다 오고, 한번은 자연속으로 들어가 야인처럼 살다가 왔다는 것이다.

정신과에 다니고, 심리치료를 받아도 나아지지 않았다. 그래도 결혼하고 아들도 낳고 잘 사나 했던 와중에 또 이런 상황이 발생한 것이다.

주연은 사기 결혼을 당한 듯하여 화가 치밀었다. 명절에만 형식적으로 시댁을 방문했다. 남편이 주고 간 재산으로 옷가게를 열어 장사를 시작했다. 아이는 아기 돌보시는 분을 만나 잘 키우면서 혼자 힘으로 사업을 키웠다. 동대문에 사입하러 가서 밤새고, 낮에는 옷을 팔며 살았다. 단골이 오면 수다를 떨고 하면서 세월을 이겨나갔다. 남편에 대해 물으면, 멀리 해외로 일하러 나갔다고도 했다.

어떤 날은 TV에서 실종자 찾는 전문 탐정을 보고 전화를 하기도 했다. 착수금을 건네고 남편의 행방을 캤다.

하지만 찾을 수 없었다. 남편이 살았다는 지방의 아파트까지는 알아냈지만 찾아가보니 아파트는 비어 있었다.

주연은 10년 전의 일도 떠올렸다. 아들은 훌쩍 자라, 대학교에 입학하던 시기였다. 주연은 또 다른 탐정이 알아낸, 주소를 적은 메모지를 들고 홀로 지방으로 향했다. 기차역에서 택시를 타고 바로 찾아갔다.

아무도 살지 않는 빈집이었다. 집을 보러왔다는 식으로 말해 부동산 사장과 함께 들어가 봤다. 신문지 몇 장이 바닥에 나뒹굴었고, 낮은 탁자와 낡은 이부자리 등이 있었다. 오래된 낡은 냉장고는 텅 빈 채 플러그도 꽂혀 있지 않았다.

"여기 살던 남자분이 월세로 살다 그냥 소리 소문도 없이 사라졌대요. 막일을 하던 분이라는데, 그래도 월세는 다 치렀다니 다행입니다. 아차차, 이런 얘기 주인이 하지 말랬는데. 계약은 어떻게 하실 건가요? 여기 있는 물건은 안 쓰실 거면, 저희가 주인과 상의해 싹 다 치워드릴게요.”

주연은 그 집을 나와 손수건으로 눈물을 닦았다. 남편에게 배신감을 느꼈다. 고작 이렇게 살 거면서. 그렇게 거창하게 사회와 못 어울리니 어쩌니 하면서 사라졌단 건가.

아들도 아내도 보고 싶었던 적이 전혀 없어 연락 한번 안 한단 것인가.

어떻게 사람이 그럴 수가 있는가.

한때는 사랑하면서 부부로서 살았고 아이도 낳았는데 말이다. 사랑이 아니라 대를 이을 아들을 낳아줄 여자로 이용한 것인가.

주연은 남편 대신 시부모의 상주로 상을 치렀다. 몇 년의 세월이 흘렀다. 주변의 소개로 남자도 만나보았다. 하지만, 남편의 실종을 사망으로 변경하지 않아 아직도 결혼한 상태로 있었다. 이혼 청구 소송도, 그 무엇도 할 수 없었다.

당사자의 행방을 모르니.

아들에게 아버지가 죽었다고 둘러대는 말은 하고 싶지 않았다. 다행히도 아들은 잘 자라 대학을 나와 직장에 다닌다. 아버지에 대해 물었지만, 그때 주연은 실종에 대해 말해주었을 뿐이다. 하도 어릴 적 일이라 사진으로만 아버지에 대해 알고 있는 아들이다.

과연 자신은 남편을 사랑하기는 한 걸까.

주연은 남편에 대한 모든 마음을 접고 잊기로 했다. 그리고 사업을 축소해 가게 월세를 받는 걸로 전환해 일도 줄였다. 이상하게 집에 있는 시간은 늘었는데, 몸은 아팠다. 여기저기 아파서 병원을 수시로 드나들었다. 각종 금기를 스스로 만들었다.

도로에 쳐진 금을 밟으면 그날 재수가 안 좋다. 새로운 식당에 가서 직원이 기분 상하게 행동하면, 손재수가 난다. 심지어 새 병원에 가서 불친절을 겪으면, 아들에게 안 좋은 일이 생긴다는 등의 징크스를 만들어냈다. 주연은 자신만의 금기와 규칙을 만들어 새로운 상황에 노출되는 일 없이 고립된 생활을 했다. 남편도 지금의 자신과 같은 심리적 스트레스를 겪어 고립된 생활을 했던 것은 아닐까 하는 생각도 해보았다.

그렇게 지내던 중에 연락을 한 통 받았다.

5년 전 즈음이던가.

주연은 기억을 더듬다가 차츰 떨리는 목소리로 현명에게 말했다.

"남편의 연락을… 받았어요."

현명은 진지하게 보았다.

"경찰에서 온 연락이었어요. 부산의 어느 재개발 지역에 있는 셋방에서 홀로 고독사 했다고. 이웃들의 신고로 간 지 한 달 만에 발견됐고, 지문을 떠서 이름을 알아낸 거죠. 저에게 시신을 인도할 거냐고 물었습니다."

주연은 조용히 침묵하다 입을 열었다.

"저는 인수하지 않았어요. 무연고로 장례를 치른 후에도 무연고자로 안치된 유골함을 가져갈 거냐는 전화를 또 두 번이나 받았어요. 하지만…, 안 갔어요. 봉안당에도요.

"현명은 아무 말도 하지 않고 주연이 뒷말을 잇기를 기다려 주었다.

"어, 어떻게 할까요? 아들한테도 말 안 했어요. 유골함을 끝까지 안 찾아가니, 지금은 아마도 봉안당에 무연고자들을 합장한 데에 넣었을 거예요. 그때… 그렇게 한다고 했으니까요."

"행정 처리상 무연고 장례는 공영장례 시스템으로 들어가는데, 원래는 빈소도 차리지 않았습니다. 바로 다음날 장례를 치르죠. 하지만 요즘은 전문 상조업체와 지자체가 계약을 맺어서 공영장례 제례실을 이용해 빈소를 차려드리기도 합니다. 그리고 봉안당에 몇 년이 지나면 소멸 처리하는 과정에서 합장하는 겁니다. 보통 유골들을 합장하는 장소가 봉안당마다 있습니다. 그렇게 사라지는 거죠."

"흐흑, 흐흑."

주연은 오열했다.

"경, 경찰서에서 확인하고 시신 인수를 포기하는 서류를 썼…, 썼어요."

시부모도 모두 가셔서 독하게 마음먹고 아들에게도 비밀로 했다. 혼자 가서 사인만 하고 돌아왔다. 남편의 사망 시 모습과 환경을 사진으로 보았는데, 온몸에 힘이 빠지고 눈물이 왈칵 치밀었다.

아파서 움직일 수도 없었는지, 온갖 쓰레기와 책들 사이에 홀로 조용히 몸을 구부리고 있었다. 무엇이 그렇게 두렵고 싫어서, 가족에게 단 하나 남은 아들에게도 신변을 안 알리고 이렇게 갔는지 이해가 되지 않았다. 왜 자신에게도 연락 한번을 하지 않았는지 말이다.

주연은 눈물을 흘리면서 남편의 마지막 기억을 떠올렸다.

사실은 그렇게 돌아가기 6개월 전에 연락이 왔었다.

"여, 여보…. 번, 번호가 안 바뀌었네."

모르는 전화번호였는데 받으니 남편의 더듬거리는 목소리가 흘러나왔다.

"대, 대현이 좀 볼 수 있을까?"

몸이 안 좋아서 집에서 쉬던 때였다. 안 받으려던 전화였지만 받았다.

주연은 입을 꾹 다물었다. 아무 말도 할 수 없었다. 목에 메었다.

그냥 조용히 전화를 끊었다. 발신번호 표시제한이어서 상대방의 전화번호를 볼 수는 없었다. 그것이 마지막 연락이었다. 아들의 이름을 알고 있다니 다행이었다. 탐정을 통해서든 주민센터를 가든 마음만 먹으면 어떻게든 알아낼 수는 있었다.

어려운 얘기를 꺼낸 주연은 숨을 훅 뱉었다.

"내내 마음에 걸렸어요. 이제는 볼 수 없는 남편의 자취를 알고 싶었어요. 그리고 어떤 다른 분께 봉사를 하고 싶었습니다."

현명은 고개를 끄덕였다.

"내일 오전에 이곳으로 다시 오십시오. 오늘 수시를 해드린 분 빈소에 인사를 드리고 염습을 지켜보시기만 하십시오. 도울 일은 거의 없습니다. 그리고 다시는 봉사하러 오지 마십시오."

다음날, 주연은 염습실로 가서 현명을 만났다. 방호복과 니트릴 장갑을 끼고 염습실 가운데 놓인 유리벽 밖 참관실에서 현명이 염습하는 과정을 지켜보았다.

현명은 한지로 손싸개와 발싸개를 만들었다. 슬기도 하얀 가운을 입고 와서 현명을 도왔다. 마침 월차를 낸 날이다. 어제 현명이 무연고 장례를 도와달라고 해서 흔쾌히 왔다.

현명은 주연의 시연을 간략히 말하고 그녀가 지켜볼 거라고 했다.

"저분이 네가 말한 그분?"

현명은 쉿, 하면서 검지를 입가에 가져다 댔다.

"돌아간 분 앞에서 속삭이면 망자가 듣는다고 하잖아. 금기 사항 알잖아?"

"어휴, 네 할아버지랑 완전 똑같다니까. 망자 수의에 눈물 묻히지 말기. 망자가 하늘로 가는 걸 힘들어하니까. 그리고 망자 앞에서 냄새난다는 말 하지 말기. 그런 말 하면 냄새가 따라 온다. 무엇보다 망자를 건너다니면 따라 죽는다, 등, 등, 등."

"쉬잇!"

슬기는 미안함에 입을 다물고 빠르게 움직였다. 한지로 하초(기저귀)를 만들고, 몸통을 싸맬 한지를 준비했다.

현명은 수의를 확인하고 손싸개와 발싸개, 대님, 허리끈과 머리싸개 등을 확인했다.

현명은 본격적으로 염을 시작했다. 주연은 차분하게 지

켜보았다.

슬기가 망자의 양팔 관절을 부드럽게 구부렸다. 현명이 수시포가 덮인 상태에서 옷을 천천히 벗겼다. 잘 안 벗겨지면 가위로 잘랐다. 슬기가 알코올을 탈지면에 묻혀서 현명에게 건넸다.

알코올 탈지면으로 현명이 발부터 정성스럽게 닦으면서 올라갔다. 슬기도 한쪽 발부터 위로 올라갔다. 그리고 슬기는 수시포를 잘 움직이면서 벗은 몸이 보이지 않게 도왔다. 하초를 채우고 양다리 몸통을 현명이 한지로 감쌌다. 발과 등에 난 상처를 슬기가 마른 탈지면으로 정성스레 닦아 한지로 감쌌다.

현명은 수의 속바지와 겉바지를 끼워서 입히고 허리띠를 매고 대님을 맸다. 옷 여미는 방법을 산 자가 입을 때와는 반대로 했다. 배 위에 손을 모아서 한지 끈으로 가볍게 묶고 어깨와 다리도 묶었다.

슬기는 망자의 얼굴과 머리를 깨끗하게 닦았다. 코도 닦고, 빗으로 머리를 빗기고, 코와 귀를 새 솜으로 막았다. 머리싸개와 턱받침을 현명이 망자에게 매어주고, 삼베 두건으로 감쌌다.

"자, 이제 입관하겠습니다. 잠시 도와주시죠."

주연은 망설이지 않고 입관실로 들어갔다.

"보통은 상주나 가족들이 하지만 보다시피 일손이 부족하니 도와주십시오."

현명은 관에다 한지를 깔고 이불과 베개를 놓았다. 그리고 슬기와 주연이 도와서 시신을 관속에 넣었다.

"이제 묵념을 하겠습니다. 마음으로 고인이 잘 가라고 빌어줍시다."

묵념 후에 한지 끈을 풀어주고 관을 닫았다. 현명은 주연에게 허리 숙여 인사를 했다. 주연도 인사를 하고는 진지한 얼굴로 말했다.

"진심으로 감사드립니다. 이렇게 잘 갔으리라 생각을 했습니다. 고맙습니다."

현명은 순간, 어쩌면 몇 년 전에 주연의 남편을 자신이 염습을 했을지도 모른다는 생각이 들었다. 무연고 장례에 봉사를 겸해서 전국 각지로 선배들과 스승님을 따라 많이 다니곤 했다.

인연이란 무서운 법이다.

현명은 조심스레 물었다.

"부산 어디에서 무연고 장례를 진행했는지 아시나요?"

주연은 참관실에서 폰을 한참 뒤지다가 신문기사 찍은 걸 하나 보여주었다.

"나중에 기사로 무연고 장례를 한다고 공시를 했더라구

요."

사망자 인적사항					
성명	생년월일	성별	주소지 (등록기준지)	사망장소	사망원인
김형두	1962년 5월 2일	남	불 상	자택 (부산○○길33,101호)	불 상

발생상황	자택에서 사망한 것을 이웃이 경철서에 신고함.
처리내역	화장 후 봉안. 봉안기간 5년 부산○○추모공원.

현명이 그 내용을 유심히 보다가 물었다.

"추모공원에 봉안했군요. 5년이 지났지만 모릅니다. 한 번 전화해 봅시다."

현명은 추모공원 사무실에 전화를 했다. 신호가 가고 나서 좀 있다 전화를 받았다.

"○○추모공원 행정 사무실입니다."

"저, 무연고자 봉안한 거 문의를 좀 드리려구요. 저는 한 현명이고, 거기 김 부장님과 함께 장례를 지도했었습니다."

"마침, 부장님이 자리에 계세요. 잠시만요, 바꿔드릴게요."

현명은 인적사항을 김 부장에게 말해줬다. 김 부장은 나중에 다시 전화를 주겠다고 했다.

전화는 바로 걸려왔다.

현명은 잠자코 들었다. 통화를 마치고는, 주연에게 말을 전했다. 주연의 얼굴에 실낱같은 희망이 비쳤다.

"내일 합장을 한다고 합니다. 유골함을 가져가셔서 개인적으로 모실 건지, 아니면 합장식에 참석만 해도 된답니다."

현명은 다음날 일정이 있어, 주연 혼자 KTX를 타고 내려갔다. 울산에서 근무하는 아들에게 사정을 말하자, 아들은 흔쾌히 반차를 내고 간다고 했다.

주연은 아들을 만나 같이 추모공원에 갔다. 추모공원 정원에 있는 대형 조각상 아래에 합장하는 공간이 있다고 했다.

추모공원 직원이 나와 합장식을 주도했다. 다른 가족들 몇몇도 와 있었다. 주연은 눈물을 흘리면서 담담하게 바라보았다. 국화꽃을 바치고, 향을 피워 묵념하고, 합장식을 무사히 마쳤다.

가족들이 유골함을 받아들고 순서를 기다렸다. 직원이 봉인된 유골함을 도구를 이용해 열었다. 가족들이 직접 유골을 합장하는 공간에 넣도록 했다. 대형 도자기로 만들어진 합장 공간에 이미 다른 유골들이 들어차 있었다.

주연은 아들과 함께 유골함을 기울여 유골이 그 안으로 들어가게 했다. 유골함에 매직으로 적힌 남편의 이름을 어루만졌다.

추모공원에 찬송가와 불경이 동시에 나직하게 울렸다. 어떤 가족은 찬송가를 부르고, 또 다른 가족은 불경을 외웠다. 주연은 묵묵히 아들의 손을 잡고 지켜보았다. 이제 잘 떠나보내는 것이라 생각하니 마음이 편했다.

이렇게 하면 되는 것을, 왜 그렇게 야멸차게 모른 척했던가.

이제부터라도 마음에서 말끔하게 정리하고 추모하면 된다고 생각하니 후련했다. 주연은 아들의 손을 만졌다.

아들에게 유전자를 만들어준 사람이다. 살길을 터주고 사라진 사람이다. 주연은 어찌되었든 고마운 사람이란 생각이 들었다.

"여보, 저 위에서 잘 살아요. 미안해요. 그동안 당신을 모른 척해서…. 잘 살게요, 우리들도."

주연은 기차를 타고 서울로 향했다. 아들은 여자를 사귀고 있다면서 언제 날 잡아 소개시켜 준다고 했다.

어느새 기차의 차창 밖으로 어둠이 내려앉은 게 보였다. 서울역에 도착해서 보니 고요하고 청량해서 무척 아름다운 밤이었다.

다음날, 현명은 아들과 함께 남편을 잘 모셨다는 주연의 연락을 받고 안도했다. 마음이 한결 홀가분했다. 오늘은 혼자서 영화를 볼 생각이었다.

그때, 폰이 울렸다.

"한현명~ 뭐하려던 중?"

"영화나 보려구. 왜에?"

"또 혼영? 주말에 같이 보자니까. 암튼, 영화는 못 보겠다. ○○장례식장으로 어서 가봐. 이번에도 노배인이 검안했는데, 혼자 사시던 분이래. 네가 잘 좀 챙겨드려. 상주는 이웃이래. 알았지?"

현명은 전화를 끊고 옷장을 열었다. 검은 양복 중에 적당히 얇고 약간 신축성이 있어서 편한 옷으로 골랐다. 검은 넥타이를 매고는 검은 구두를 찾아 신었다.

가끔 선배들은 너무 검은 양복, 검은 넥타이 등 검정 일색이면 상주도 부담스럽게 여긴다며 충고했다. 그래서 넥타이 정도는 안 해도 된다고 했지만, 현명은 오늘도 검은 옷과 넥타이, 검은 구두를 신고 집을 나섰다.

저와 장례 탐정 트리오와 함께 장례 예식의 여행을 잘 마
치셨습니다.

남편이 해외에 있어 저와 딸아이가 시어머니 상주를 했습
니다.

화장장에서도 제 이름이 상주로 기재가 되었고, 유골함
을 반출하려면 제가 가서 사인을 해야 된다는 말을 듣고 며
느리로서 책임감도 느꼈습니다. 참으로 인연이란 신기한
듯하고, 우연히 겪는 일도 모두 인과관계가 있는 것 같습
니다.

어머니 장례를 치른 지 한 달 후, 이번에는 친정아버지가
노환으로 돌아가셨습니다. 병원 장례식장에서 상을 치르면
서 또 다시 상제가 되어 형제들과 문상객을 맞이했습니다.

사실 상주나 상제가 되어 문상객을 맞이하다 보면 정말
인상적인 일들이 많이 있습니다. 친정아버지 친구분들은
연세가 제법 되셔서 벽 잡고 들어오시는 분도 계시고, 무릎
이 정말 아프지만 절 두 번을 하고, 상주와 간신히 맞절하

는 어르신도 계셨습니다. 몸이 불편한 작은아버님은 멀리서 오셔서 입관실에 들어와 큰형의 가는 길을 끝까지 보았습니다.

시어머니 가기 전날 전화하신 어머니 친구분은 어머니가 먼저 간다고 나온 꿈을 꾸었다고 했습니다. 그리고 가기 몇 주 전에 제 꿈에 나타난 친정아버지. 정말 사람에게는 예지몽이 있는 걸까요.

하지만 돌아갈 날짜는 두 번 다 정말이지 몰랐습니다. 무척 아프셨지만 가는 날은 정확하게 모르는 게 사람의 이치인 것 같습니다. 친정어머니도 2년 전에 가셨는데 그때도 마트에 장보러 갔다가 집에 오는 길에 부고 전화를 받고 부랴부랴 검은 옷 챙겨 입고 달려간 거니까요.

시어머니와 친정아버지 부고는 새벽에 못 받은 부재중 전화를 제가 아침에 일찍 깨어나 전화를 해보고 놀라서 당장에 달려간 경험이 있습니다. 새벽에 걸려온 부재중 전화는 가셨구나, 하는 생각이 들게 합니다. 되걸어보면 어김없이 부고를 알리려는 전화였습니다.

이 작품을 쓰면서 상장례에 관해 여러 책들을 읽어보았는데, 인상적인 내용이 있었습니다.

조선시대, 출상 전날에 하는 빈 상여 놀이는 주검이 집안이나 장례식장에 머무는 마지막 날로 조문객의 문상을 받고 마무리하는 날에 하는 놀이입니다. 상두꾼들이 빈 상여에 사위를 태우거나 어깨에 메고 장난을 치고, "노세, 젊어 놀아 늙어지면 저래 된다. 뭐를 많이 벌어 놔서 그다지 잘 죽었노."하며 밤새 노래를 부르며 놉니다.

어르신을 잘 보내드리고, 새로 태어나는 집안의 가장을 축하하면서 마을에 안녕과 풍요를 빈다고 합니다.

장례는 한 생명을 고이 보내드리고, 새로운 시대가 온다는 느낌을 갖게 하는 추모행사입니다.

그리고 부모가 모두 간 사람으로서 허탈감과 슬픔도 느끼지만 이제 내가 제 일선에 선 어른이 되었구나, 하는 책임감도 느끼게 됩니다.

그간 여러 번의 장례에 문상객으로 참여도 해봤고, 식장에서 문상객들과 고인에 대한 슬픔과 추억, 다가올 우리의 미래 이야기를 나누었습니다.

그만큼 상가는 특별한 추억을 공유하는 공간입니다. 그리고 장례지도는 일정한 형식으로 고인을 떠나보내는 아픔을 잊게 만듭니다.

저는 이 작품으로 한국의 아름다운 장례문화와 선진적인 장례 절차를 알리고자 합니다. 소설 속의 내용은 모두 상상한 것으로 실제 인물이나 장소와는 관련이 없음을 밝히며 이만 마칩니다.